「かけていいよ」
と言えば、理人はせっせと
水やりをする。
Illustration :
Haru Suzukur

セシル文庫

白い虎侯爵と
子狼の親愛なるガーデナー

滝沢 晴

イラストレーション／鈴倉　温

◆目次

この作品はフィクションです。
実在の人物・団体・事件などに
一切関係ありません。

白い虎侯爵と子狼の親愛なるガーデナー

【1】よろしく、ガーデナーさん

『さてCMの後は〝世界の結婚したい男〟第一位に選ばれたイギリスのセレブ、来日のニュースです――』

屋外用のポータブルラジオを聴きながら、青葉《あおば》新太郎《しんたろう》はネモフィラの苗《なえ》をポットから取り出して並べていく。

一つ二つ花を咲かせたせっかちな苗が「早く植えて」と言っているようで、顔がほころんでしまう。

春になれば、この苗たちが淡いブルーの絨毯《じゅうたん》になる。それを楽しみに一つ一つ丁寧に地植えしていくが、雇われて間もない邸宅の庭が二百八十坪――住宅街の児童公園ほどもあるので、苗の数も膨大でなかなか終わらない。

「ふーっ、数が多いからって扱いが雑にならないように気をつけないとな」

新太郎は、首にかけていたタオルで顔の土汚れを拭った。

黙々と植えている間も、ラジオから男性二人の快活な声が聞こえてくる。

『英国貴族のグラモガン侯爵ことヒューゴ・レナード・グローブスさんが事業拡大のため来日しました。到着ロビーで待ち構えていたのは二百人にも及ぶ日本のファン！』

ラジオの向こうかから『キャー』という女性陣の悲鳴にも似た歓声が聞こえてくる。

『映画俳優並みの容姿で、世界中でファンの多い三十二歳のグローブスさんですが、なんと独身なんですよ、独身！』

『おうちの総資産がいちじゅうひゃくせん……えっ、九千億円？　桁《けた》を数え間違えたかと思っちゃった。もうね、僕も結婚する、九千億の男と！　ハハハ』

『世界中のセレブが彼の妻の座を狙ってギラギラしているという噂なんですけど、ゴシップ誌によると、特定の恋人を作らないことで有名で――』

ラジオではＤＪとゲストが有名人来日のニュースで盛り上がっていたが、新太郎の最大の関心はこのあとの天気予報だ。強い雨の日は作業ができないため買い付けの日にしたい。

ネモフィラをなんとか植え終えると、ふう、と息をついて、自分の職場であるこの邸宅を見渡した。

軽井沢高原にどんと構える約四百五十坪、うち百坪はモダンなコの字の木造平屋で車寄せ付き。駐車場はこの家の主の所有車以外に八台ほど止めることができ、庭は新太郎が現在作業をしている外庭と、三辺を建物に囲まれた中庭がある。

この豪邸の庭担当として、住み込みで雇われて二週間。

世界を飛び回って不在だという所有者には興味がないので、契約書に載っていた名前すら覚えていないが、庭に関することは任されたので誰にも干渉されることがなく、やりがいを持って勤めていた。

というのも、一年前に建てられたというこの邸宅の庭は荒れに荒れていた。枯れたりしおれたりした植物ばかりで、まるで草花の墓場のようだった。依頼したガーデンデザイナーを名乗る人物が派手な草花を豪勢に植えたが、邸宅の使用人にはその後の世話が手に負えなかったのだ。

それもそのはず、育てやすさや四季を無視して、瞬間的に映《は》えるものだけを選んで植えられていたのだから。

新太郎が片付けたので、現在庭にはタイルやベンチ、噴水の基礎以外は、何もない状態だ。一週間で植栽《しょくさい》計画を立て、その後一週間で土作りやフェンスの取り替えなどを済ませ、ようやく植栽に着手したところだった。

二十五歳という体力の最盛期で、細身ながら筋肉があるので一人でも可能だが、庭師に多い高齢層なら厳しい作業だろう。

新太郎は、一年を通して楽しめる庭づくりを計画した。自分がいなくなっても、使用人たちで世話が可能で、育てば育つほど味わい深い庭にしようと考えていた。

「次は、バラだな」

バラは雇い主のリクエストだ。

バラのエリアを広く、という指示を受けているのだが、季節は三月初旬。

（あと一ヶ月早く雇用されたかったな）

バラは寒い時期に地植えして、暖かくなるころに根を成長させるのが理想なのだが、その植え時を過ぎてしまっている。軽井沢が気温の低い地域とはいえ、バラの根は鉢の中ですでに生長を始めているのだ。

仕方がないので、すでに伸び始めている根を弱らせないよう、そっと植え付けることにした。貧弱だと育たない可能性もあるので、枝の太い大苗を自分で見定めて買い付けた。

新太郎が大苗の鉢に手を掛けると、横にひょこっと男児が座り込んだ。

「また来たのか」

この邸宅の子どもで、三歳の理人《りひと》だ。

理人がこくりとうなずくと、グレー混じりの白い髪がさらりと揺れた。黒々とした短髪の新太郎と並ぶと、オセロのようだ。

雇い主の母国である英国に住んでいるが、乳児期は日本で過ごしたため、父親に先駆けて来日し、なじみあるこの屋敷で過ごしているらしい。

一週間ほど前から、この子が庭に姿を現すようになった。新太郎が瞳の大きな童顔で、眉も垂れ気味なせいで、子どもにはとっつきやすく見えるのかもしれない。

理人は、変わった子どもだった。

シルバーブロンドにフランス人形のような整った顔立ち、ブルーの瞳——と、容姿が日本ではひときわ目立つ。

さらに、いつも薄着だ。暦《こよみ》の上で春とはいえ、今日の天気予報では最高気温九度。力仕事で身体が温まるはずの新太郎もダウンベストを着ているほどだが、理人は半袖のポロシャツ一枚にハーフパンツで現れた。

「寒くないの?」

理人はまたこくりとうなずいて、新太郎の作業をじっと見つめた。

(やっぱり、今日もしゃべらないんだ)

そして、変わっている要素はもう一つ。着任直後に出会ってから、理人とは一度も口をきいたことがなかった。表情もほぼ変わらず真顔だ。話しかけたことにリアクションはあるので聞こえてはいるようだが。

かといって、新太郎はこの理人について他の使用人に尋ねることもなかった。

（まあ人間のことはいいや。おれの作業の邪魔さえしなければ）

植物好きの新太郎にとって、人間のことはさほど重要ではない。

連日穴が開くように作業を見つめるので、理人にスコップを貸してやることにした。すると苗を運ぶ理人の後ろを、スコップを持ってひょこひょことついてくる。結局、植え付ける場所を一緒に無言で掘った。

五十センチほど掘った穴に、堆肥《たいひ》や油かすなどを混ぜた土を入れる。バラの大苗を植え付ける際も理人が一緒に担《かつ》ごうとするので、声をかけて一緒に作業をした。

「そうそう、掘ったところにそっと置く……根を傷つけたらバラが栄養を吸い上げられなくなってかわいそうだから、そっと……いち、に、さん」

二人で掘った深さ五十センチほどの穴に大苗を入れ、土をかぶせた。その根本をワラで敷き詰めて保護する。

じょうろで水をやっていると、理人は自分の風呂遊び用のじょうろを持ってきてまねごとを始めた。じょうろに水を入れてやり「かけていいよ」と言えば、表情は変えないものの、せっせと水やりをする。ふっくらとした頬が、ほんのり赤みを帯びていた。

「大きくなれよ」

新太郎の言葉に、理人がくるりと振り向く。自分に向けられたと思ったようだ。

「ああ、バラに話しかけたんだ。花や木が相手でも、大切なことは言葉にしないと伝わらないんだ。俺の先生の言葉だけどさ。だからしっかり愛情を伝えてあげ――」

そこまで言って、新太郎は口を塞ぐ。

(三歳児がこんな熱弁《ねつべん》されても困るよな)

植物のことになると熱くなるせいで、人間関係に支障を来してきたというのに、なかなかこの性質が直せないでいる。

「休憩にしようか」

理人は何度もうなずく。この休憩が、この子のお目当てなのだ。

テラスに移動し、冷蔵庫からガラスポットとグラスを二つ持ってくる。ガラスポットの中には新太郎お手製のハーブ水が入っていた。

お手製と言っても、自分が育てているミントやローズマリーなどの摘みたてハーブを水に入れて、自然の甘味料ステビアを混ぜて冷やしただけの代物《しろもの》だ。これを理人はいたく気に入っているのだ。

その場でなぜかくるくると何度も横回転し、グラスに注いでいる間も背伸びして両手をこちらに伸ばしてくる。それでも表情は一切変わらないのだが。

「待って待って、こぼれるから」

理人はハーブ水を受け取ると、砂漠から帰ってきたかのように、慌ててごくごくと飲み干した。そして、おかわり、とでも言うようにグラスを突き出すのだった。

必死にハーブ水を飲む理人をほほ笑ましく眺めながら、新太郎は思った。

（しゃべらない人間が相手なら、おれ、うまくやっていけるのかな……いやこの子が単に優しいだけなのかも）

庭の奥でバキ、と何かが折れる音がする。

理人はその音に反応して振り向き、くんくんとにおいを嗅いだ。そしてその方向へと駆けだした。

「あっ、待って！」

追いかけた先は庭の西側、先ほどネモフィラの苗を植えたあたりだった。

割れたのは以前からこの庭に設置されていた木製のフェンスだった。新太郎が取り外して処分するために一カ所に集めていたので、割れても問題はない。

だが、割った犯人が大問題だった。

のそり、と前脚を木製フェンスから下ろしたのは、体長二・五メートルほどの巨大な虎だった。真っ白な被毛《ひもう》に黒の縞《しま》が入っている。その白い虎は、まっすぐ新太郎を見ていた。

「と、と、と、と、虎だ」

新太郎はあごが外れそうになった。

なぜここに虎が、動物園から逃げ出したのか――。

理人は分かっていないのか、虎に歩み寄ろうとしている。

「行っちゃだめだ！」

新太郎が慌てて理人の手を引き、自分の後ろに隠した。

虎は被毛に着いた木の葉を振り落とすように巨体をぶるぶると震わせると、一歩一歩こちらに向かってくる。その前足が、植えたばかりのネモフィラを踏んだ。

「あーッ！　おれのネモフィラ！」

絶叫した新太郎は、そばにあったシャベルを竹刀《しない》のように持って虎に向けた。

「足をどけろ！　に、庭を荒らしたら許さないからな！」

白い虎は、特に興奮した様子もなくじっとこちらを見つめてくる。瞳の虹彩が青ベースなのに瞳孔回りはブラウンなので、精巧な地球儀のように見えた。

（見惚れている場合じゃない）

シャベルを握る手の震えが収まらない。理人を抱えて逃げ出したかったが、いまここで背を向けたら襲われそうな気がする。

何より、かわいいネモフィラを踏まれたのが許せなかった。

「ネモフィラの仇《かたき》！　絨毯にしてやる！」

シャベルを振り上げた瞬間、虎が口を開いた。

「誰だい？　この無礼な人は」

低い男の声だった。あたりを見回すが人は自分と理人以外いない。

夢のようだが、目の前の虎がしゃべっていたのだ。

「人の庭で騒いでおいて凶器を向けるなんて、野蛮だな」

獣に野蛮と言われたショックで新太郎が震えている間に、白い虎は身体をぎゅっと縮めると、小さく震えた。

身体が一回り二回りと小さくなり、薄れた体毛の間から白い肌が表れ、成人男性が屈んだ姿になった。

真っ白に近いプラチナブロンドがさらりと揺れ、先ほどまで虎だったはずのその男が立ち上がった。

絶世の美男とでも言うのだろうか、映画のスクリーンから飛び出したような白人だった。

先ほど吸い込まれそうになった、二色の虹彩を持つ瞳が新太郎を見下ろしている。一七〇センチある新太郎が見上げるほどなので、上背があるようだ。

させた。

その白人男性が首を傾けてコキ、と鳴らした。その所作ですら、映画の一場面を彷彿《ほうふつ》と

「……君はどちらさま？」


全裸でなければ。

「へ、変態だ！　理人くん逃げてっ」

振り返って理人を抱えようと腰に手を回すと、もふっと毛皮のような手触りがあった。

理人のハーフパンツから、白いふわふわの尻尾が飛び出てパタパタと揺れている。

よく見れば、理人の側頭部からはピンと立った三角の耳が生えていた。さきほどまでなかったそれは、ピクピクとまるで身体の一部のように動いている。

白い虎に、全裸の外国人に、理人の耳と尻尾――。

「何なの！」

新太郎の叫びが、軽井沢高原にこだまする。

気を失う直前、屋敷からローブを手に歩み寄ってくる執事が見えた。

「おかえりなさいませ、マイロード。十ヶ月ぶりでございますね、日本邸は敷地も狭いので獣姿ではご近所に見られてしまいますよ」

主人《ロード》と呼ばれた全裸の外国人は、彫刻のような肢体をガウンで包みながら肩をすくめる。

「衆目《しゅうもく》の中で獣姿を晒す？　ロバート、私がそんな不覚を取るはずないじゃないか」

全裸は晒していいのか、と叫びたかったが、新太郎は全力で我慢するのだった。


園芸店に勤めていた新太郎に、転職の話が舞い込んだのは三ヶ月前のことだった。

屋敷の執事であるロバート・栄一郎《えいいちろう》・ワイズという壮年の男性が、突然訪ねてきたのだ。

名前や顔立ちから日本人と西洋人のそれぞれにルーツを持つと思われるロバートは、園芸店の応接室で雇用条件などを記した紙を新太郎に手渡した。

「おれに……庭管理、ですか。しかもこんな立派なおうちの」

ロバートが差し出した家の見取り図に、新太郎は目を丸くする。軽井沢《かるいざわ》というだけで腰が引けるのに、その敷地が広大なのだ。

「ええ、庭がどうにも管理できず、担当したガーデンデザイナーに連絡を取ったのですが『専門はデザインで、植物の世話ではない』と断られてしまいまして……」

住み込みで庭の整備と、その後の管理をしてくれる人材を探していたのだという。

「いや、お声がけはうれしいんですけど、どうしておれなんですか」

「こちらの店長さんにご相談したら、あなたがうってつけだと……」

体のいい厄介払いだ、と新太郎は思った。

専門学校を卒業し、郊外の大型園芸店に就職して五年。大好きな植物に囲まれて仕事ができると思っていたが、待っていたのは他の職員との軋轢《あつれき》だった。

植物以外に興味のない新太郎は、技術や知識は一流だが、スタッフとうまくコミュニケーションが取れず、たびたび騒動の原因になっていたのだ。先日も販売前の苗の管理が雑だった先輩社員に苦言を呈し、胸ぐらをつかまれたばかりだった。

とはいえ、安定した正社員という立場。今回提示されたのは、給与面は好待遇《こうたいぐう》だが有期雇用契約だ。先を考えると不安だったし、この園芸店には格安の社員寮があるため、ある目的のためにしている貯金がしやすいのだ。

それを伝えて新太郎は断った。

しかしロバートは引き下がらない。邸宅横に使用人の居住棟があり、衣食住に関するものは雇用主負担のため心配はない、と淡々と説明した。

「それと――デイビッド・トンプソン氏をご存じですか？」

新太郎はガタッと立ち上がった。英国の有名なバラ育種家だ。

「あなたがバラの育種開発にご関心があるといううわさを耳にしまして……彼にはツテがありましてね、雇用期間が明けたら、紹介状を書いて彼のもとで学べるよう手配させていただきます」

「えっ、えっ、そんなことができるんですか！」

「ええ、雇用主は英国人ですので。日本の邸宅に滞在するのは年に一度ほどですが」

新太郎は、雇用契約書案の用紙を握りしめて「よろしくお願いします！」と深々と頭を下げた。

そう、新太郎の貯金の目的は、バラの育種家になるための留学だ。

（願ってもないチャンスだ、高木《たかぎ》さんとの約束が果たせる……！）

高木とは、新太郎の恩人であり師でもある高木晴彦《はるひこ》のことだ。

新太郎が通っていた私立中学の用務員で、いじめに遭って不登校になっていた新太郎に、園芸の楽しさを教えてくれた。

土作りから、一年を通した植物の手入れ、収穫した野菜の食べ方まで、惜《お》しみなく知識と技術を伝授してくれた。最初は教室に居場所がないので土いじりをしていた新太郎だが、次第に夢中になっていった。高木が個人的に頼まれた庭造りも、休日を利用して手伝うようになっていた。

そのときの高木の口癖《くちぐせ》はこうだ。

『庭は持ち主の心だから、植物は大切に育てないといけないんだ』

その高木は、用務員室前の花壇《かだん》でバラを育てていた。

『大昔にイギリスでバラの育種家の修行をしていたんだ……実家を継ぐために諦めて帰国したんだけど、帰国前に僕が発表したこの白バラだけは、今も大切に育てているんだ』

じょうろで気持ちよさそうに水を浴びていたのは、丸い花びらが幾重《いくえ》にもなる、温かみのある白バラだった。香りはさりげなく、その佇まいはウエディングドレスを着た高潔な女性のようだった。

『好きだった人の名前を付けたんだ、未練がましいけれど』

その女性には家が決めた婚約者がいたため、駆け落ちの約束までしていたそうだが、高木の急な帰国が決まり、約束は果たされることがなかった。

外国の女性名らしき品種名なので、きっと現地の女性なのだろう。

そのバラは、はかなげな見た目を裏切るように、雨や病気に強い品種だった。「芯の強いところも彼女によく似た」と言いながら、七十四歳になる高木は目を細めて手入れをしていた。その白バラは、今も市場に流通している人気品種だ。

彼の横顔を見ているうちに、思わず新太郎はこう口走っていた。

『おれが高木さんの夢を引き継ぐよ！』

そうして、また植物にのめり込んでいく。地元では「花咲《はなさ》か兄ちゃん」と呼ばれるほどの園芸オタクとして有名になった。

その植物愛に反比例するように人間不信は募っていく。生徒や侵入者に花壇を荒らされたり、クリスマス用の鉢植えにスプレーペンキでいたずらされたり――。

そのせいで対人関係はさらに悪化――という悪循環を起こし、高木や身内以外の人間には心を許せなくなったのだった。

昨年、その高木が他界した。

生涯独身だった彼は、老人ホームで眠るように息を引き取った。葬儀《そうぎ》に参列した新太郎は、棺《ひつぎ》に彼の発表した白バラ「エマ」を捧げて誓った。

(高木さんの夢、おれが絶対に叶えるから天国で見ていてください)

雇い主が英国人で、有名な育種家のもとで学べるチャンスが巡ってきたのも、高木の導《みちび》きのような気がした。

渡された正式な雇用契約書には雇い主のサインが記されていたが、独特のアルファベットだったため読めなかった。

(人間のことは、まあいいや)

新太郎は、雇い主の名をロバートに確認することもなく、早速庭の広さや現状などを尋ねるのだった。

ただ一点だけ、契約書内に気になる文があった。

『何を見ても聞いても外部に漏らさない』

一瞬首をかしげたが、守秘義務の項目を英国はそう表記するのだろうと深く考えずにサインをしたのだった。


（あの一文は、このためだったんだな）

意識を取り戻した新太郎は、屋敷内でロバートから説明を受けていた。

「――そういうわけで我々獣人は、表向きは人間として生活をしております」

ロバートの説明は簡潔で分かりやすかった。

世界中で「獣人」と呼ばれる種族が人間に紛れて生活していること、人間、半獣、獣と姿を変えられること、雇い主でありこの邸宅の主は希少種のホワイトタイガー獣人で、養子の理人は絶滅危惧種のホッキョクオオカミであること――。

にわかには信じがたいが、目の前で変身していく様子を見てしまった。さらに今はソファに座った自分の足元で、理人が半獣姿のまま尻尾を振っているのだから、否定もできない。子どもの獣人は、姿のコントロールが下手なのだという。

この屋敷の使用人たちも獣人で、ロバートはフクロウ獣人だと改めて自己紹介を受ける。先ほど上着を脱いだ彼の背から、焦げ茶の翼がにゅっと伸びる様子も見せてもらった。

「世界の全人口の〇・四パーセントほどが獣人で、その秘密が公《おおやけ》にならぬように獣人独自のネットワークをつくり、手を取り合って生活しております」

ロバートの説明だと、狼男や妖狐など動物にまつわるモンスターや妖怪は、この獣人たちの目撃談から生まれたものが多いのだという。

「ホワイトタイガーに、ホ、ホッキョクオオカミ……そうか、北極！　だから理人くんは薄着で平気なんだ」

「ええ、理人さまは寒さにお強いので。その代わり日本の夏はぐったりしてしまいますので、長時間の外遊びはできません」

新太郎の視線に気づいた理人は、振っていた尻尾をぴたりと止めて、身体をぎゅっと縮める。すると、身体がするすると縮んで肌に白い被毛が生えてくる。

Tシャツの中からひょっこり顔を出したのは、ころころとした白い子犬――ならぬ子狼だった。

どうやら理人は、自分も変化できることを新太郎に見せたかったらしい。その額をそろりとなでると、目を閉じて、あふ、とあくびをした。

「人前で変化してはいけないよ、理人」

奥から姿を現したのは、先ほど庭で見た全裸外国人こと、この邸宅の主だった。もちろん今は、人の姿で服を着ているけれど。

（人前で変化したのは自分では……）

向かいのソファに腰を下ろした雇い主を、ちらりと見上げた。

仕立てのいいワイシャツと細身のスラックスに、セレストブルーのカーディガンを羽織ったその姿は、やはり映画から飛び出てきたかのようなまぶしさだ。

まっすぐ通った鼻筋の両脇に、ブルーとブラウンの混じる切れ長の瞳がバランス良く並び、微笑みを浮かべる薄い唇も上品。

彼が今、どこかの王子だと名乗っても信じてしまいそうな佇まいだ。

執事のロバートが改めて紹介する。

「我々の主、グラモガン侯爵ヒューゴ・レナード・グローブス様です」

英国貴族にも獣人一族が存在する。

世界の全人口に占める獣人の割合が〇・四パーセント。それに対して英国貴族に占める獣人の割合は約五パーセントと高いのだという。中でも、最強クラスの肉食獣人である虎一族は最も影響力があり、英国内の獣人たちを率いる役割も担《にな》っているらしい。

脳内で漢字変換ができず、グラモガンコーシャクヒューゴなんたら――長い名前だな、と思いながら「はあ」と生返事をしているうちに、その音に聞き覚えがあることに気づく。つい最近聞いたような……。

「あっ！　結婚したい九千億の男！」

新太郎の大声に、子狼姿の理人がぴょんと跳ねた。それを聞いた雇い主――ヒューゴ・レナード・グローブスが口元に拳を当てて笑った。

「結婚したい男？　ゴシップ誌のランキングのことかな」

「……あ、すみません、ラジオで言ってたので」

「九千億って日本円で？　公爵である父の資産だから、ちょっと違うんだけどね」

とはいえ、相続する嫡男《ちゃくなん》だからそう呼ばれるのだろうが。

（まさかニュースで話題の英国貴族が雇い主だとは思わなかった）

新太郎は心の中で、面倒だな、と思った。広くてやりがいのある庭を任せてもらえたのはいいが、持ち主が貴族なら口うるさいのではないだろうか――と。

口元に手をあてた新太郎の様子に、雇い主が貴族で戸惑っていると勘違いしたのか、ヒューゴが、やれやれ、と肩をすくめた。

「そんなにびっくりしなくてもいいじゃないか。私の名が契約書に書いてあっただろう？」

「すみません、あんまり見ていませんでした。アルファベットだな、くらいしか。でも、お名前聞いても分からなかったと思います、興味ないので……」

植物以外に興味はない、という意味で言ったのだが、ヒューゴにはそうは伝わらなかったようで片眉をぴくりとさせる。

「な、なるほど、私のことを知らなかったんだね。虎の姿を解いたら分かってもらえると思ったのに、変態呼ばわりされたのはそういうことだね……」

新太郎はソファで小さくなって「大変失礼しました、日本語お上手ですね」と頭を下げるが、心の中では舌打ちしながら反論していた。

(庭に全裸の雇い主が現れるなんて思わないだろ、普通)

「祖母が親日家《しんにちか》で、幼いころから日本語の教育も受けていたんだ。おかげで大学時代の親友も日本人。教育って大事だね。殴りかかろうとしてきた君は、一体どんな教育を受けてきたのかな？」

新太郎の前で脚を組み替えている〝結婚したい九千億の男〟は、日本語は流《りゅう》ちょうだし、口調は優しいが、どうにも発言が鼻につく。

新太郎は自分の立場を忘れて、つい抗弁《こうべん》してしまった。

「それはあなたがネモフィラを踏んだから……」

「ネモフィラ？　誰のことかな」

「あなたが踏みつけた苗です、痛そうだったでしょう」

執事のロバートから紅茶を受け取りながら、ヒューゴがぽかんと口を開けていた。

「痛そうって、草じゃないか」

「踏まれたら草だって痛いですよ。もう踏まないでください」

雇ったばかりの使用人に注意されて腹に据えかねたのか、ヒューゴがふう、とゆっくり息を吐く。

「そもそも庭を整えるように言ったのに、あの更地みたいな庭は一体どういうこと？　君が優秀なガーデナーだと聞いて雇ったというのに」

そうだろう、とロバートにヒューゴは同意を求め、ロバートは「イエス、マイロード」とうなずいた。

「優秀かどうかは知りませんが、任されたからにはきちんと仕事をします」

「できてないじゃないか、せめて私が来日するまでに——」

「荒れた庭の片付けにどれだけ時間がかかったと思ってるんですか」

植物のことになると我を忘れる新太郎は、立ち上がってヒューゴに詰め寄った。

「言わせてもらいますけど、前の庭は〝即興《そっきょう》〟だったんですよ」

即興、とけげんな顔でヒューゴが聞き返す。

「あなたが来日している間だけ映えるようにデザインされていたので、華やかで派手になったでしょうけど、手入れの難しい植物や気候に合わない植物が多かったんです。そりゃ荒れますよ、庭造りというより結婚式の飾花のようなものですから」

「前任のガーデンデザイナーに知識がなかったということ？」

「指示がいけなかった。〝来日するまでに美しい庭にしておくように〟なんて言ったんじゃないですか？」

図星のようで、ヒューゴがこめかみをわずかにけいれんさせた。

（ああ、またやってしまった）

これが新太郎の悪い癖だった。

植物のことになると立場をわきまえず物を言ってしまうせいで、勤めていた園芸店でも煙たがられていたというのに。懲りずに初対面の雇い主にやってしまった。

「たしかにロバートには、能力が高ければ獣人ではなくても採用していいとは言ったけど……こんなに失礼な使用人は初めてだよ。気に入らないなら辞めてもらって構わないよ、代わりはいくらでもいるんだから」

そうなるよな、と新太郎は肩を落とす。育種家への紹介状に目がくらんでしまったが、そもそも園芸店同様、コミュニケーションでこじれるリスクはあったのだ。しかも相手は英国貴族。庭いじりの使用人に、ここまで言われて平気なわけがない。

「ただし、私たちの秘密を知ったからには、一生監視させてもらうけどね」

秘密、とは彼らが獣人だということだろう。もちろん目玉が飛び出るほど驚いた。

とはいえ新太郎にとっては、ネモフィラが踏まれたことの方が重大な出来事なのだが。

意外だったのは、ヒューゴの後ろに控えていたロバートが助け船を出したことだった。

「代わりはなかなか見つからないと思われます。彼は大きな園芸店の中で最も優秀なスタッフだと聞いておりますので……その、植物の扱いや知識に関しては」

それを聞いたヒューゴが、ふっと口の端を引き上げた。

「知識に関しては、ね」

それが皮肉であることくらいは、人嫌いの新太郎でも分かる。

きゅっと表情を引き締めた新太郎は、絨毯に膝を突き、雇い主を見上げた。育種家のもとで学ぶチャンスをみすみす逃すわけにはいかない、この仕事を責任持ってやり遂げるべきだ、と自分に言い聞かせて。

「おれはガーデナーである前に、植物に精通したプランツマンです。プランツマンは命あるものに敬意を払います。咲いては荒れ、取り替えられるだけの庭ではなく、草木が生命を謳歌《おうか》しながら、持ち主と一緒に育つ庭を目指したい」

プランツマン、とヒューゴが復唱し手を顎に当てる。

「庭は持ち主の心です。あなたの庭をおれが豊かにしてみせます。コミュニケーションは……ご覧の通り苦手ですが、庭づくりには全身全霊で取り組みます。おれに期限まできっちりやらせてもらえませんか」

ブルーとブラウンが混じる地球のような瞳が、大きく見開かれた。

しばらくの沈黙の後、ヒューゴは、ふーん、と目を細め紅茶をソーサーに戻した。見下すような雰囲気はなく、真剣な表情に変わっている。

「……わかった、君に任せよう。私が帰国する一ヶ月後までにどこまでできる？」

「やれるところまでやりますが、契約期間である一年かけて庭を育てるつもりです。理人くんも手伝ってくれることだし」

新太郎が獣姿の理人に視線を送ると、その場でくるくると回りだした。ハーブ水を飲む時と同じ仕草だったので、ぼくもがんばる、と肯定的な意思表示だと分かる。

「うん、頑張ろうね。ありがとう」

そのやりとりを見たヒューゴが再び瞠目《どうもく》した。

「……君、理人と意思疎通《そつう》できるの？」

「いえ、行動で察しただけで」

ロバートの耳打ちで、ヒューゴは「へえ、理人が懐《なつ》いているのか」と感心の声を上げる。

ヒューゴはロバートをそばに寄せて、ひそひそと何か話している。互いに視線を合わせてうなずくと、新太郎に向き直った
「では、もう一つ仕事をお願いできないかな。理人を社交界に出られるようにしてほしいんだ」

社交界ってなんだろう、と思いながらも新太郎は首を振った。

「おれは子育てに関する資格は持っていません」

「その有資格者たちがことごとくだめだったんだ」

ヒューゴの目配せを受けて、ロバートが説明する。

理人を養子にしたのは、この邸宅が完成したころ——つまり一年前。複雑な事情で、獣人専用の乳児院に預けられていた理人を、ヒューゴが引き取ったのだという。

なぜか言葉を一つも話さないため医師に診《み》てもらったのだが、心因性《しんいんせい》だろうということしか分からなかった。

ヒューゴが英国に連れて帰り、有名な児童カウンセラーや幼児教育の専門家、母親代わりのベビーシッターと、さまざまな大人が理人に関わったが、一切心を開かないまま先月

三歳の誕生日を迎えたのだという。

「このままでは外聞《がいぶん》も悪いし、引き取った私が理人をかわいがっていないかのように思われるだろう？　できればパーティーで挨拶くらいできるようになってほしいんだ。理人が人について回るなんて初めて見たから、きっと君ならできるはずだ」

ヒューゴの言葉に、新太郎は気になってしまった。彼が独身であるとラジオで流れていたからだ。

「独身なんですよね？　どうして理人くんを養子に……？」

「私は篤志家《とくしか》だからね。彼は真っ白だし、ホワイトタイガーの私と似合いだろう？　きっとどこに行っても華やぐよ」

（おれ、この人嫌いだ）

新太郎は黙り込んでぐるぐると思考を巡らせる。

理人は、他の人間と違ってしゃべらないので付き合いやすいと思っていたが、子育てとなると自分には荷が重すぎる――と結論が出る。

「理人の面倒を見てくれたら、本国育種家への紹介状の件は、さらに待遇をアップさせよう。渡航費用や現地での生活まで全て支援するよ」

断ろうと開いていた口が閉じた。

イギリスの有名な育種家デイビッド・トンプソン氏に弟子入りできたとしても、語学と金銭面にまだハードルがあると自分でも分かっていたからだ。

その一つが、クリアできるというのか——。

新太郎は理人をチラリと見る。

(こんな不純な動機で、この子の世話を引き受けていいのか)

白い子狼姿の理人は、新太郎のスリッパをがじがじとかじっている。

(いや、それは無責任だ。もっときちんとした保育士とか——)

ぶんぶんと首を振る新太郎に、ヒューゴが追い打ちをかける。

「そうだ、英語の習得も必要だね。この屋敷の使用人はみんなバイリンガルだから、教えてもらうといいよ。就業時間内のレッスンも許可しよう」

新太郎の脳内の天秤《てんびん》が、ガタンと音を立てて大きく傾いた。

「わかりました……どうぞ、よろしくお願いします!」

絨毯に正座して、新太郎は頭を下げる。

ヒューゴがエレガントな仕草で新太郎を立たせ、ジャパニーズスタイルのお辞儀《じぎ》は服が汚れてしまうよ、と言って膝をぽんぽんと払ってくれた。

お礼を言うと、至近距離で視線が合う。

「よろしくね、ガーデナーさん」

先ほどの皮肉で高圧的な発言はどこへやら、ヒューゴは『ノーブル』という言葉が良く似合う笑顔を新太郎に向けた。

きっとみんなはこの仕草や笑みにだまされるのだ、と新太郎は思った。

【2】ゴム長靴を履いた侯爵

三月八日、新聞の天気予報欄では日中は晴れ。気温もさほど下がらないようなので絶好の作業日和《びより》だ。

邸宅敷地に隣接する使用人居住棟で、朝食をかき込みながら新聞をぺらりとめくった。そこには『英国の人気貴族が来日』とヒューゴの記事が掲載されていた。

「本当に有名人なんだ」

何気なく漏らしていると、メイド長の倫子《りんこ》が空《から》だった湯飲みにお茶を注いでくれる。

「そうなの、お父様の侯爵位をお継ぎになったら英国の獣人たちのリーダーとしても期待されているの。それなのに、年に一度会うか会わないかの私たちの名前まで覚えてくださっていて……」

倫子がふくよかな身体を左右に揺らしながら、ヒューゴのプレゼンテーションをしている。BGMのように聞き流しながら、新太郎は新聞の小さなコーナーをじっくり読んでいた。気象情報だ。

「若い人が新聞を読む光景、珍しいわねえ」

「いえ天気予報だけ。スマホなくなっちゃったから」

昨日、スマートフォンとノートパソコンは〝執事預かり〟となった。この屋敷の人間が獣人であることを外部に漏らさないための一時的措置として。情報漏洩《ろうえい》の心配がない、と分かれば返してもらえるのだと説明を受けた。

「そっかそっか、あなた普通のヒトだったわね！」

倫子の言い方だと、まるで獣人でない自分が少数派のような気がしてくる。

そういう倫子はタヌキ獣人なのだそうだ。ふくふくとした頬や柔らかな雰囲気が、昔話に出てくる母狸を連想させる。

「じゃあ、連絡取れなくて不便ね」

「大丈夫です、頻繁《ひんぱん》に連絡取るような友人いないので」

事実を伝えただけなのに、倫子に気の毒そうな視線をもらうのだった。

使用人居住棟の通用口から母屋の敷地に入った新太郎は昨日の作業の続きを始めた。

樹木などの大物から配置していくほうがバランスが取りやすいのだが、今回は時期が時期なだけに買い付けが間に合わない植物もある。そのため、届いたものからデザイン通りに植えていく。

昨日、ホワイトタイガーに踏まれたネモフィラは元気を取り戻していた。

「ああ、よかった。心配してたんだ」

じょうろで優しく水をかけてやると、少しずつ新芽が日の差す方を向いていく。

ととと、と軽やかな足音が背後から聞こえてくる。理人がきょうもスコップとじょうろを持ってやってきた。今朝は人間の男児の姿だ。

「おはよう、朝ご飯はもう食べた？」

理人は視線を合わせずに、こくりとうなずく。表情は分からないが、頬に少し赤みがあるため気分はよさそうだった。

新太郎はヒューゴの指示を思い出していた。

社交界に出られるように――とは、一体何をどうしたらいいのか。とりあえずパーティーなどで交流できるように、ということなのだろうが、そのコミュニケーションで躓《つまず》いてきた自分が役に立てるはずがない。

ただ、理人は庭作業に興味があるようなので、その気持ちは大事にしてあげたかった。かつて不登校だった自分が救われたのも、まさに植物との対話だったからだ。

（おれに園芸を教えてくれた高木さんも、こんな気持ちだったのかな）

そんなことを懐かしく思い返しながら、植栽計画を書いた紙に視線を落とした。タイルで作られた細い通路を指さして、理人に説明した。

「ここの小道に沿ってアルケミラモリスを植えるんだ」

そう言って、マントのような葉を茂らせる苗のポットを掲げる。

「五月になるのを楽しみにしてて、黄色の花は星の形をしているから面白いんだ」

星の花、という言葉に理人がピクリと手を動かす。気になるようだ。

表情は全く変えないが、細部まで見てやると反応が分かる。植物も言葉では訴えられないので変化をしっかり観察してやることが大切なように、理人もじっくり変化を見ていれば意思疎通は可能なようだ。

「よーし、この小道に沿って掘っていくぞ」

二人でせっせと苗を植える穴を掘っていると、雇い主であるヒューゴが姿を現した。

「励《はげ》んでいるね」

新太郎は作業を止めずぺこりと会釈し、理人も無表情でヒューゴを数秒見上げるとまた作業に戻った。その態度が気に入らなかったのか、そばのベンチに座ったヒューゴが勝手に演説を始める。

「昨日はマスコミに囲まれて大変だったよ、私のニュースはもう見たかな？　今日も新聞各紙で――」

「あ！　理人くん、オケラだ！」

新太郎がオケラを土ごとすくって、新聞紙にぽとりと落とす。オケラがサカサカと這《は》い出た場所がまさにヒューゴ来日の記事の上だった。オケラを追う理人は、興奮したのか耳と尻尾がいつの間にか出ていた。

「オケラは穴掘り名人なんだ、手がモグラみたいになってるから」

新太郎から説明を受けた理人は、自分の手をじっと見る。すると身体を震わせて子狼の姿に変えた。その前足で苗を植えるための穴を掘り始めたのだ。

その間もヒューゴが日本滞在の目的など、ペラペラと自分語りをしている。

「――というリゾート開発のために一ヶ月は日本にいるんだけど、マスコミ対応やパーティーの出席など事業以外の仕事も増えるから困りものだ。先ほどもテレビ局が私のドキュメンタリーを撮りたいと――」

穴を掘る理人に新太郎が拍手を送っている様子に、ヒューゴは自分の話を誰も聞いていないことに気づく。

「あっ、またオケラが出てきた！　つかまえよう」

二人の関心が自分よりオケラに向けられていることに衝撃を受けたのか、ヒューゴが震えた声で前髪をかきあげた。

「……君たち、私はこの家の主人だよ」

「いたいた、よしオケラ確保だ」

聞き流した新太郎が、ヒューゴの記事が印刷された新聞紙の上に二匹目のオケラをひょいと載せる。理人も嬉しいのか尻尾をぶんぶんと振って捕まえようとしていた。

「ちょっと、聞いてますか君たち」

「わ！　オケラがジャンプした！　オケラって飛ぶの？　すごいな」

きゃっきゃと騒ぐ様子に、ヒューゴが耐えきれず「わ、私にも見せなさい！」と身を乗り出した。

「ここにね、秋になったらアリウム・ギガンチウムっていう花の球根を植えるんだ。次の春には背が高くてボールみたいに丸い花が咲くんだよ。黄色の星型の花と紫の丸い花が一斉に咲くから、きっときれいだよ」

オケラ騒動が一段落すると、新太郎は植栽計画の一部を理人に説明する。理解したかどうかは分からないが、理人は尻尾を振ってアルケミラモリスを植えるための穴を再び掘り始めた。言葉や表情はなくても尻尾は雄弁だ。

その様子を無言で眺めていたヒューゴに、新太郎は話しかける。

「あの、一つうかがっても？」

「何でも聞いて、君も雇い主のことは気になるだろう」

「いえ、理人くんのことです」

ヒューゴはしらけた表情を浮かべて、どうぞ、と質問の続きを促した。

「どうして言葉や表情が出ないんでしょうか。俺、普通に接して大丈夫なんですか」

視線を理人に戻したヒューゴが、獣人界隈にも知らせていないのだけど、と前置きして説明をしてくれた。

動物のホッキョクオオカミが絶滅危惧種であるのと同様に、ホッキョクオオカミ獣人も数えるほどしかいないと言われ、獣人社会でも「絶滅危惧種族」に指定されている。

それを逆手に売買をする非合法組織が獣人の中にもいて、理人は乳児のときに闇取引されていたのだという。北米から日本に運ばれてきたところで闇取引業者が摘発《てきはつ》され、保護された理人は獣人専門の乳児院に入れられたのだという。

「獣人を束ねる種族の間では大騒ぎだった。獣人たちは人間社会でうまく生き抜くために、支え合ってコミュニティを守ってきたはずだったのに、仲間を売っている輩《やから》がいたのだから」

「獣人の存在が人間にばれたってことですか？」

「遺伝子操作で生まれた子として売っていたらしい。赤ちゃんなら獣人コミュニティのことも知らないし都合がよかったんだろうね」

　そこで理人がどんな扱いを受けたのかは誰も知らないのだが、乳児院で一歳を過ぎても二歳になっても言葉が出なかったのだという。専門家の話だと、人の会話は理解できているのに、発言をしたり感情を出したりする感覚を習得していないのだという。

「一年前、彼が二歳のときに私が養子にしたのだけれど誰にも心を開いてくれなくてね……なぜか君には懐いていると知って、これは期待できると思ったんだよ」

　意外と理人のことを真剣に考えているのだな、と見直しつつ、もう一つ尋ねる。

「言葉が出ないと分かってて、養子にしたんですか」

　不思議だった。社交界なる場でコミュニケーションが重要となるであろう貴族にとって、言葉が出ないというのは不利な条件ではないのか、と。

「昨日言ったよね、白い被毛の私たちが並んだら映えるからだよ」

　ヒューゴが片目を閉じて何かを飛ばしてくる。無視した新太郎だが、その受け答えがどこかで引っかかっていた。

「そう、ですか……」

「君こそ、どうしてこの仕事を引き受けたの？」

正直に言うかどうか迷った。人間関係が拗れていた前職場に厄介払いされた——と。しかし、相手は雇い主で新太郎の経歴などきっと関心ない。引き受ける動機の一つを答えるほかなかった。

「イギリスのバラ育種家に紹介状を書いてもらえるから、です」

「そう、ですか」

真似《まね》た相づちに新太郎は気色《けしき》ばむ。見上げると、ヒューゴはプラチナブロンドの髪を風に委ねながら、蕾みがほころぶような微笑を浮かべていた。

ふと、あのバラを思い出す。師である高木が育種した白バラ「エマ」。

(黙っていれば、高貴な白バラのような人なんだな)

そう思うと、苦手意識が少し薄れるのだった。


使用人の夕食は、主人が済ませた後に居住棟で交代制だ。コックがヒューゴたちの夕食を作るついでに用意するか、メイド長の倫子が腕をふるうことも。今日はコックによるもので、ポトフとスモークサーモンのサラダ、レモンクリームパスタだった。

こんな豪華な食事にありつけるなんて、園芸店の寮生活時代には思ってもみなかった。

いつもコンビニ弁当かカップラーメンだったからだ。

スモークサーモンのサラダに使われているサニーレタスも、みずみずしい新鮮なものだ。朝まで畑で太陽の光を浴びていたと思うと、その命に感謝の気持ちすらわいてくる。新太郎は手を合わせ、静かに「いただきます」と言った。

「おっ、パスタ？　おいしそうだ！」

ドタドタと新太郎の横に座った従僕《フットマン》――執事であるロバートの部下だ――が快活な声を上げた。彼は犬獣人なのだそうだ。その向かいにはメイドの蛇獣人が「あたし猫舌なのよね」と座った。

「蛇なのに猫舌ってしゃれてるな、これと変えてやるよ」と適温になった自分のポトフと、彼女の熱々の皿をひょいと変えた。メイドの女性はそれを「別にしゃれてない」と当然のように受け取ったので、新太郎は目を丸くした。

（仲がいいんだな）

今夜の食事はこのメンバーに倫子を加えた四人だったが、食事しながらの会話が進むにつれ、新太郎は口数が減った。同僚と雑談しながら食事する経験が乏《とぼ》しかったせいだ。人間関係がこじれて誘われることもほぼなかったし、店長に食事に誘われたときも植物以外の話には興味がないので、もくもくと焼き鳥を食べるだけだった。

（飲み会に行くと、大体彼のような陽気なタイプが「なんだお前、葬式に来たみたいな顔するな」とか言ってくるんだよな……）

ちらりとフットマンの犬獣人を横目で見ると、察しがいいのか彼もこちらを見た。

「俺に見とれてると食《く》いっぱぐれるぞ」

そう言うだけで、雑談に参加しない自分を茶化すこともないし、かといって無視することもなかった。

サラダにマヨネーズをかけようとして止められる。フットマンはくんくんとそれを嗅ぐと「賞味期限切れてない？」と尋ねてくる。見ると確かに切れていた。

「俺は大丈夫だけど、お前人間だろ？　腹壊すかもしれないからやめときな」

新太郎は「賞味期限が少しくらい切れても大丈夫だよ」とマヨネーズを絞り出す。

今朝の倫子でも感じたのだが、どうやら獣人は世話焼きのようだ。先ほど皿を交換した二人がさほど仲良くもないと知って、さらに驚いた。新太郎の疑問に、フットマンがバゲッドを頬張《ほおば》りながら答える。

「みんな同じ体質の人間とは、付き合い方が違うかもなあ」

倫子が詳しく説明してくれた。

「獣人って色んなタイプがいるじゃない。例えば彼女みたいに変温動物の獣人だと気温の変化に弱いし、猫獣人は気ままな人が多いし。でも、みんな違うのが当たり前だし、得手不得手や性格も受け入れて支え合わないと、獣人コミュニティって成り立たないから」

人間に紛《まぎ》れて生きるには異種族同士で手を取り合う必要がある、ということなのか――。

自然の摂理《せつり》だ、と新太郎は思った。

植物だって実は支え合って生きている。大木の影に自生するキノコしかり、虫の嫌う成分持つネギ科の近くで快適に育つ植物しかり――。

愛想のない自分の態度も、この屋敷では一度も咎《とが》められたことがなかった。園芸店では入店直後からトラブル続きだったというのに……。

「人間ってそもそも〝みんな同じだ〟って思い込むから無駄な争いが生まれるのよ。それぞれの性質や個性を尊重したほうが、結果的にうまくいくのにね。あんただって無口だけど植物とは話せるんでしょ？」

蛇獣人のメイドがポトフのスープをスプーンでチロリと舐める。その舌先が二つに割れていてドキリとしつつも、あわてて否定した。

「話せるわけじゃないよ、様子の変化で分かるだけで」

「すごいことよ、天職じゃないの」

メイドが割れた舌をチロチロと出しながら褒めてくれる。

「こら、お客様の前では舌に気をつけろよ」

フットマンの指摘に「分かってるわよ、ここだけよ」とツンと顔を背《そむ》けた。

獣人という響きから少なからず野蛮なイメージを抱いていたし、初対面の獣人が全裸で登場したので勘違いしていたが、彼らはかなり柔軟な感覚で現代を生きているようだ。それは、新太郎にとっても心地いいものだった。

夕食を終えたころ、使用人の居住棟の内線が鳴り「寝室に飾る花について伝えることがある」と雇い主から連絡が入った。生けたのは新太郎だ。その夜は大ぶりのミモザを飾っていた。

（香りが気に入らなかったかな、さっきのフットマンみたいに嗅覚が鋭いのかも）

ネコ科が苦手な香りも勉強しようなどと思いながら、花瓶を取りに行った。

主寝室をノックすると「どうぞ」と低くて穏やかな返事が聞こえる。ゆっくり戸を開けると、シルクの寝間着にカーディガンを羽織ったヒューゴが花瓶の花をいじっていた。

「お待たせしました、部屋着ですみません。ミモザ、苦手な香りでしたか」

「そんなことないよ、ありがとう。国際女性デーに合わせてミモザにしたのかな」

ヒューゴがミモザの意味を知っていたことが嬉しくて、新太郎は聞かれてもないことを解説し始める。

「そうなんです、日本じゃまだなじみがないけど、女性にミモザを送る日ですよね。ミモザって本当の名前はギンヨウアカシアといって――」

新太郎の唇に、ヒューゴの人差し指がトンと載る。

（しまった、また調子に乗ってしゃべりすぎた）

謝罪しようと視線を合わせると、何かを企《たくら》んだような笑みでヒューゴがこちらを見下ろしていた。思ったよりも距離が近いせいで、どぎまぎしてしまう。

「その話、続きはベッドでしてくれないか？」

そのせりふに新太郎は困惑した。英国人の文化なのか、おやすみのあいさつなのか分からなかったからだ。

「あの、まだこの屋敷の慣習や言い回しに慣れていないので、おっしゃっていることが分かりません。寝物語をしろということでしょうか」

自分がもっと人付き合いができるタイプであれば、行間を読んで察することができたのだろうか、と思いつつ率直に聞いてみる。

「半分は正解、半分は不正解だよ」

ヒューゴは新太郎の肩を抱いてベッドに向かう。力が思ったよりも強くて、絨毯に靴の先を取られバランスを崩してしまった。それをヒューゴがふわりと抱き留めてくれた。

彫刻のように整った顔が目の前にあると、同性とはいえ新太郎も赤面してしまう。ヒューゴはそのまま顔を寄せてきて、いたずらをするような目つきでこう尋ねてきた。

「このままベッドに行っても大丈夫？」

自分は就寝する、という意味だと思って新太郎はうなずく。顔が赤くなっていないといいけれど、と思いつつ。

「嬉しいな！」

ひょいと身体が浮いたのは、ヒューゴが新太郎を腰から抱えたからだった。

「えっ？　あの、えっ？」

背中からベッドに下ろされたときには、檻に閉じ込められたように顔の両脇に彼の腕が置かれていた。

「獣人って性的興奮が伴《ともな》うと耳や尻尾が隠せなくなるんだ。だから基本的に人間とは交わることができない」

説明するヒューゴの耳からざわざわと白い被毛が生え、側頭部に移動していく。膝にふわふわしたものが巻き付いたと思ったら、彼の縞模様の尻尾だった。

新太郎は、そこでようやく自分の状況を把握する。決定打は、この一言だった。

「でも秘密を知っている人間なら……いいよね。君からイエスがもらえて嬉しいよ。私に興味がなさそうだったのは、私の気を引くためだね？」

　ヒューゴは肉食獣よろしく自分の唇を舐める。

「あっ……え……イエスって？」

　ヒューゴの盛り上がりに反比例するように、新太郎の顔から血の気が引いていく。

「ベッドに行ってもいいか聞いたじゃないか、照れてもだめだよ。人間とするのは初めてだけど、優しくするから心配しないで。爪も牙も立てないから」

　カリ、と新太郎の耳たぶをひっかいたのは尖った爪だった。毎朝メイドが手入れをしているので伸びているはずはない。半獣になると先端が鋭くなるのだ。

「ま、待ってください、誤解です！」

「待たないよ、獣《けもの》だもの」

　ふわふわの尻尾が、ハーフパンツからのぞく新太郎の太ももをなぞっていく。新太郎はヒューゴを押し返そうとするが、体格も筋力も違うためびくともしない。

「おれ男なんですよ、そういうことは女の人と――」

「おしゃべりはここまで、目を閉じて。キスできないじゃないか」

「しませ――んんッ！」

　唇が重なった瞬間、牙がちくりと触れた。

（うそだろ、おれのファーストキス……！）

想像しただろうか。初めてのキスの相手が英国人の男性で、貴族で、獣人だなんて――。

ただ唇をくっつけるだけかと思いきや、舌がぬるりと入ってきて口をこじ開けてくる。

「んっ、ふっ……」

抵抗しようとするが、ヒューゴが身体ごと覆い被さっているせいでシーツに縫い付けられたように動けない。息をしたいのに、口が塞がれてしまって酸欠になりそうだ。その間にもヒューゴの熱い舌が味見をするように口内でうごめく。

（どうしておれなんだよ、セクハラじゃないか……！）

「お風呂に入ったばかり？　いい匂いがする」

新太郎の耳元に鼻を寄せたヒューゴが、すんと嗅いでそこをねぶりはじめる。

「う、や、やめ……」

「それはどういう意味のノー？　日本人はいいときも『いや』って言うんだよね？」

拒絶のノーだ、と伝えると信じられないという表情で見下ろされた。

「相手が私では不満なの？　なぜ？」

「相手の問題じゃないんですよ、おれはこういうことしたことがないし、望んでもいない、と言う前に「なるほど」と相づちが返ってくる。

「緊張してるんだね？」

そう言って新太郎のスウェットの下に手を滑り込ませ、胸の粒をきゅっとつまんだ。その瞬間、カッと新太郎の目が見開かれる。

「やめろって言ってんだろう！」

太ももに巻き付いた尻尾を、潰《つぶ》れてしまえと言わんばかりに握る。握られた当人は身体をびくりとさせて「痛いよ！」と叫ぶ。そのひるんだ隙をついて、彼の脳天《のうてん》にげんこつを落とした。

「ぐっ」

ヒューゴが殴られた頭を押さえたので拘束が緩む。新太郎はベッドから転げ落ちると、振り返って彼にもう一度拳を振り上げた。

「あっ、暴力反対！」

両手のひらを見せて降参ポーズをとるヒューゴを、新太郎は罵倒《ばとう》した。

「これだから人間――いや人間じゃないのか……二足歩行の生物は大っ嫌いなんだ！」

叫び終えると、ミモザを飾った花瓶を脇に抱えて部屋を出て行く。

「ミモザ、下げちゃうの」

殴られた頭をなでながら見送るヒューゴをにらみつける。

「あなたにミモザから元気をもらう資格なし！　だいたい知らない相手をよくベッドに引き込めるな、理解できない。今度こんなことしたら被毛全部むしるからな！」

勢いよくドアをバンと閉め、ドスドスドスと足音を立てて廊下を歩いて行く。怒りのあとに襲ってきたのは羞恥だった。新太郎は自分の顔がどんどん熱くなるのを感じていた。

（声が腰にくるような低さで、力も強くて……あんな、あんな、いやらしいこと……！）

取り残されたヒューゴが、ふむ、と顎に手を当てて「四足歩行ならいいのかな」と楽しそうに微笑んでいたのも知らずに。


早朝から庭で作業をしていると、執事のロバートが「昨夜は大丈夫でしたか」と声をかけてきた。新太郎はヒューゴにベッドに引き込まれた時の生々しい感触を思い出して、顔がぼんと熱くなった。

「だ、だ、大丈夫というか、えっ、おれたち、な、何もしてま――」

「期限切れのマヨネーズ、気づかずに申し訳ありませんでした」

マヨネーズ、と復唱して「平気ですハハハ」とわざとらしく笑って見せた。昨夜のヒューゴとの一幕はばれていないらしい。

「実はご相談がございまして」

　ああやはり、と新太郎は覚悟を決めた。昨日、セクハラされたとはいえ雇い主を殴ってしまったのだ、当然解雇されるに決まっている。

「本日はヒューゴさまもお庭の作業をされるとおっしゃっているのですが、ご指導お願いできますか」

「はい、そうですよね――ん？」

「履物《はきもの》はゴム長靴でよろしいでしょうか」

「ええ？」

　声を裏返している新太郎に向かって、理人がテラスから一目散に駆けてきた。その向こうでは、ヒューゴが紅茶を飲みながらノーブルな笑顔をこちらに向けている。メイドが彼のために新しいゴム長靴を用意しているところだった。

「今日は球根や苗を植えまくります」

　準備万端の貴族親子を前に、新太郎は半ばやけっぱちで仁王立《におうだ》ちになる。早速ヒューゴが「地味だな、バラを植えたい」と勝手なことを言い出す。

「庭はおれが管理者です、指示に従っていただきます。それにおれはまだあなたを許してませんからね」

首がつながったのをいいことに、昨日の恨みも込めてヒューゴをじろりとにらむ。

「だって喜ばない人がいるなんて思ってもみなかったから」

総資産九千億円の英国貴族、映画俳優のような容姿――。確かに、これまではそのいずれか、または両方の要素に目がくらむ人間ばかりだったのだろう。物腰は洗練されて柔らかくとも、彼は世界が自分を中心に回っていると信じて疑わない男なのだ。理人がいる手前、詰め寄ることもできないが。

新太郎は二人に軍手を着用するよう促し、ネット入りの球根や苗、そして種を指さした。

「宿根草《しゅっこんそう》といって毎年咲いてくれるタイプの草花、一年分です」

「一年分？　こんなにたくさん植えるの？」

新太郎は、よくぞ聞いてくれたとでも言うように、唐突に語り始める。

「開花時期の違う球根を植えて、球根たちが季節ごとにバトンタッチするように咲いていくエリアにするんです」

春にはラナンキュラス・ラックスでピンクから紫のグラデーションが映えるし、夏は白と青紫のアガパンサスが涼やかに彩ってくれる。そして秋はチョコレート色のコスモスや赤みを帯びたグリーンに、白の花で華やかさを添える。そして冬は緑を残して花たちはお休みの期間に入るのだ――と早口で説明していく。

「植え替えもいらないし、さみしい季節も少ない。植物のライフサイクルを知っていれば、開花だけでなくバトンタッチしていく様子も楽しいんです。想像してみてください、白と青紫の草花が、日に日にチョコレート色と白の風景に変わっていく様子、すごくないです？　すごいんですよ、植物って」

ヒューゴが瞳を左上に移動させながら「バトンタッチか」と自分の顎を触る。

そこで新太郎はまた我《われ》に返る。

植物のことになると、こうやって相手のこと考えずに一方的にまくし立ててしまう。眉をひそめて遠巻きにする元職場の同僚や、「始まったよ」などと悪意を込めて茶化す先輩スタッフの表情が脳裏に浮かぶ。

（ああ、やってしまった。このせいで何度――）

「うん、いいかもしれない。見てみたいね、ずっと日本にいられないのが残念だな」

想定外の反応に、新太郎はぽかんとしてしまった。

「どうしたの、口が開いているよ」

「いえ……言い過ぎたというか、こんなふうに熱く語りすぎて嫌われてきたので、そんなふうに受け止めてもらえると思ってなくて」

嬉しくてこそばゆくて、にやけた顔を袖口でごしごしとこする。

「あなたのこと許してませんけど……うん、少し嬉しい、かな」

自分って意外と簡単なやつだな、などと思いながら。

同時に新太郎の顔をのぞき込んだヒューゴの表情が消え、動きが止まる。何か不都合でもあったのだろうかと視線を合わせると、なぜか突然顔を背けられた。

「い、いや、君はプランツマンなのだろう？　その専門知識で仕事を果たしてくれたらいいんだよ。私も庭仕事に参加しているのは、その、ああ intellectual《インタラクチュアル》 curiosity《キュリオシティ》 って日本語でなんて言ったかな」

いつも流ちょうな日本語を話しているのに、なぜか言葉に英語が混じる。余裕の笑みはなく、うろたえているようにも見えた。

「気分でも優れませんか、貴族だから直射日光に慣れてないんじゃ」

「君、貴族をなんだと思ってるの？」

そんな自分たちのやいやいとしたやりとりを見上げる理人に、新太郎は気づく。

手には早々に軍手をはめていたが、大人用なのでだらりと垂れていた。新太郎はしゃがんで尻ポケットに入れていたものを取り出した。

「ごめんごめん、理人くんはこっち」

渡したのは子ども用の軍手だ。その瞬間、理人の瞳孔《どうこう》がククッと大きくなった。

「いつも手伝ってくれるから注文してたんだ、喜んでくれてよかった」

そう言って、白くてぷくぷくとした小さな手に軍手を着用してやる。理人は無表情のまま手をわきわきと動かした。

「今、なぜ理人が喜んでいるって分かったんだい？」

ヒューゴが尋ねてくるので、瞳孔の変化を報告すると驚かれた。

植物の変化に比べたら、新太郎にとっては分かりやすかったのだが、他の人にとってはそうではないらしい。

「彼はイヌ科だから半獣姿のときだけは、尻尾で分かるんだけどなあ。人型のときは私にはまったく分からないな」

ヒューゴがそうぼやいた瞬間、理人は耳と尻尾をポンと出した。尻尾はパタパタと左右に振れている。その姿を見て、新太郎とヒューゴは二人で視線を合わせ、同時に吹き出してしまった。

「あははは！　ありがとう理人、私のために出してくれたんだね！　なんてキュートなんだ君は」

ヒューゴが膝をついて理人の肩を抱くと、真っ白でふわふわの尻尾はさらに勢いよく振られたのだった。

そんな心温まる場面はつかの間、庭仕事の鬼・新太郎の指導は相手が素人だろうが雇い主だろうが、優しくはなかった。

「球根は雑に扱わない！」「ポットから取り出したら、少し根をほぐして——あああ、そんな強くしたらダメダメダメ」「あっ、その苗は手前です、暖色の花が手前！」

ヒューゴも理人もその細かい指導を受けながら作業をしていく。少しでも手を休めようものなら檄《げき》が飛んでくる。

「理人、私たちのガーデナーは口うるさいね」

ヒューゴがこっそり耳打ちすると、理人はコクとうなずきながらも一生懸命球根を植えていた。

「そこ手を止めない。日暮れまでが勝負、われわれは時間との戦いに勝つんです！」

ヒューゴが肩をすくめて「サムライの血が騒いでるんだ、きっと」と茶化し、さらに新太郎を怒らせるのだった。

昼食の用意ができたと執事のロバートが知らせにやってくる。新太郎と理人はまだもりもりと作業できそうだったが、ヒューゴは中腰での地味な作業にさすがに疲れていたようで、喜んで立ち上がった。

「ランチ、新太郎も一緒にどうかな」

ロバートから受け取ったタオルで顔を拭ったヒューゴが誘う。

「おれは居住棟から弁当持ってきて庭で食べますので」

「おや、私とのランチは嫌？」

「イエス。嫌です、マイロード」

苦笑いのヒューゴが「英語が上手だね」と肩をすくめて母屋《おもや》に戻ろうとする。その瞬間、上着の裾をぐいと引っ張られた。犯人は理人だ。

「理人くん、お昼ご飯を食べて、お昼寝して午後三時にまた集合しよう」

視線を同じ高さに合わせて促すが、理人は口をきゅっと一文字に結んだ。一緒にランチを食べたい、と訴えているのだ。

「うーん、じゃあ今日だけ……」

ロバートが「もちろんご用意しておりますよ」と微笑んだ。

ランチを終えて、理人は昼寝の時間となる。

ベッドに転がっている理人は、天使のような寝顔をしていた。ランチのおかげでぽっこりしたおなかが、寝息のリズムに合わせて上下する。ベッドの転落防止柵に手が引っかかっていたので、身体ごとずらしてあげると、「ぐう」と漫画の効果音のようないびきが聞こえて、思わず吹き出しそうになった。

ヒューゴは英国本社とのオンライン会議のため書斎に向かう。それを見送って、新太郎は庭の作業に戻ろうとした。

「普通に仕事もしてるんだ。貴族って遊んで暮らしてると思ってた」

そんな独り言に執事のロバートが応じてくれる。

「事業家が多いですよ。グローブス家は一等地の領地で事業を興《おこ》して成功しています。ヒューゴ様が任されている系列会社はホテル・リゾート開発と経営で、世界十二カ所にホテルがあり、会員制リゾートは四カ所ございます」

今回の来日は那須高原リゾートの最終調整が目的で、明日は現地に向かうのだという。

「まあ、おれには関係ないか」

ヴェールを被ったような薄雲の空を見上げて、苗をポットから取り出す作業に取りかかった。

【3】ずぶぬれの笑顔

ヒューゴのリゾート開発など関係ない、はずだった。

「どうして……」

翌朝、ヒューゴの現地視察へ同行を命じられ、あれよあれよという間に理人とともに白い車に乗せられたのだ。

精霊のような純金製のオーナメントをつけた高級車は、イギリス王室や貴族御用達《ごようたし》のメーカーだ。本物を見るのは初めてだが新太郎も名前くらいは知っている。ストレッチリムジンと呼ばれる後部座席が広いタイプで、白の本革シートに向かい合って座る。

向かいに座る理人は慣れているのか、チャイルドシートにちょこんと座っている。隣に座ったロバートはカウンターで飲み物の準備を始めた。

「あの、おれも行かなきゃならないんでしょうか……庭の作業遅れるの嫌なんですけど」

「君の仕事は理解したから、今度は君が私の仕事を知る番だよ」

首をかしげる新太郎に、ヒューゴは片目を閉じてみせる。

「ほら、あのミモザの晩言ってただろう？　もっと互いを知るべきだ――って」

ヒューゴはもしかしたら日本語が苦手なのかもしれない。

知らない人間をベッドに入れる気が知れないと言ったのであって「もっと互いを知ってからベッドインしましょう」という意味ではない。

雇い主に押し倒されたことも、主人を殴ったこともロバートに知られるわけにはいかないので、その場では「何をおっしゃってるんだか」と笑ってごまかしたが、心の内では殺意が芽生えた。

（おれも「話の通じないやつ」と言われてきたけど、この人ほどではないぞ）

二時間半のドライブだったが、さすが高級車、疲れることなく到着した。理人はちょうどいい昼寝ができたようで、到着したころには目をぱっちりと開けていた。

新太郎は車を降りて「うわ……」と声を上げてしまった。

リゾート開発というので西洋風の豪華な宿泊施設を想像していたのだが、目の前に広がっていたのは和モダンの別荘群だった。奥には三階建ての真新しい木造旅館がそびえる。

「あれ、リゾートっておっしゃってなかったですっけ」

「リゾートだよ」

海外からのインバウンドをターゲットに、日本らしい生活様式の長期滞在を提案するセレブ専用リゾートなのだという。

「日本家屋って海外の旅行者にとっては魅力的で、伝統的な宿泊施設を好むんだ。ビーチがよければモルディブやタヒチに行くだろう？　日本旅行のニーズ調査では富裕層ほど『日本らしい生活』を求めていたんだ」

ただ、古民家を模してしまうと利便性が低いので、外国人も暮らしやすい和モダンな長期滞在型別荘群にしたのだという。滞在期間は最低一週間から。執事や使用人を連れてくるセレブが多いので、同伴者専用の部屋や宿泊所も用意されている。帯同《たいどう》がなくても、事前に予約すれば臨時の側仕えをリゾートが用意することもできるそうだ。

「日本各地の伝統工芸や老舗《しにせ》和菓子の店舗をそろえたショッピングモールもある。インバウンド客が『日本でやりたいこと』の大半がここで完結できるようになっているから、家族でのんびりするのもいいし、ここを拠点に各地を旅するのもいい」

エリア中央の大型旅館に案内され、新太郎はあんぐりと口を開けてしまった。三階まで吹き抜けになったロビーの中二階で芸妓《げいこ》が三味線《しゃみせん》を弾いている。真新しい旅館なのに、構造や演出が伝統的で、厳《おごそ》かな雰囲気を漂わせていた。

もしかして、と前のめりになって聞いてみる。

「あ、あの、この旅館の庭ってどうなってますか」

「言うと思っていたよ」

ヒューゴの指示で、支配人が案内する。

眼前に広がったのは、丁寧に作り込まれた見事な日本庭園だった。石組みや敷石の配置、曲がりくねった水路を利用した造り、青々とした連山を庭の一部とする借景《しゃっけい》——と、日本庭園に詳しくない新太郎でも、一流の庭師の仕事だと分かる。

「すごい……圧巻《あっかん》ですね。ゴテゴテしていないし、植物たちの生き生きした姿が風景にしっかり融合《ゆうごう》するように作られてる……向こうに見える連山と緑の色を合わせているのもお見事です、紅葉の時期はもっとすごいだろうな」

「庭は持ち主の心、だからね。イングリッシュガーデンに限らず」

はたと新太郎はヒューゴを見上げる。自分が以前言ったことを覚えてくれていたのだろうか。

不思議そうに見つめていると、理人が新太郎の服の裾をきゅっと握った。庭をじっと見て、鼻をひくひくと動かしている。

「庭で遊びたいの？」

そう尋ねると、顔を上げて新太郎を見つめてきた。あたりらしい。ヒューゴが理人をなでた。

「好きなだけ遊びなさい。オープン前で庭師しかいないから。だけど獣人じゃないスタッフもいるから、耳や尻尾が出ないようにね」

支配人がいるところで堂々と言及するということは、おそらく彼も獣人なのだろう。

駆け出した理人を見送ると、ロバートがそっと耳打ちをしてくれる。

「獣人族の雇用創出も、力ある者の務めなのです。人間中心の暮らしではうまくいかない獣人も少なくありませんから……」

金儲けだけではないのか、と感心してヒューゴを見上げる。理人を見守るヒューゴの横顔が、一瞬だけ凛々しく見えたのだった。

理人はぴょんぴょんと石段を登っていく。庭の中をよく見たかった新太郎も、後を追いかけた。

「いいなあ、素晴らしい庭だ。手入れは大変だろうけど、ここなら一流の庭師を雇っているのだろうし」

曲水《きょくすい》という水路に、小さな石橋が架けられていて、理人がそこにちょこんとしゃがみ込んだ。手で水をぱしゃぱしゃとかいているので何事かと思えば、水路を泳ぐ錦鯉《にしきごい》を捕まえようとしていたのだ。本能が騒ぐらしい。

「こらこら、だめだよ。食べるんじゃなくて目で楽しむ魚なんだ」

どうしても捕まえたいのか、今度は別の橋に移動して両手でつかもうとする。ぐらりと理人の身体が傾いた。

「危ない！　落ちる！」

理人の胴に手を回して落下を防げた、と思ったが、駆け寄った勢いで自分もバランスを崩してしまう。浅いので水路に落ちても溺れることはないが、水底の石で理人がけがをしないようぎゅっと抱き込んだ。

（ああ、着替え持ってきてないのに……！）

そんなことを考えながら落水《らくすい》の覚悟を決めた瞬間、腰をぐっと引き寄せられ、落下が止まった。振り返ると、ヒューゴが驚いた様子で自分の腰を抱きかかえていた。

「間に合ったね、久しぶりに本気で走ったよ」

ついさっきまで七十メートルほど離れた縁側にいたはずだ。わずか数秒の間にここまで走ったとするとかなりのスピードだ。ヒューゴの口元から牙がちらりと覗く。獣人の姿が出てしまうほど本気で走ったのか。

「ありがとうございます」

理人を抱いた自分をヒューゴが抱いている――その体勢に、昔読んだ童話「大きなかぶ」

を思い出しながら礼を言って身体を離そうとするが、ヒューゴはなぜか両手でがっちり新太郎の腰をつかんだまま離さない。

「あ、あの？」

「腰が細いな……使用人居住棟の食事は足りてる？」

ヒューゴが真剣な表情で尋ねてくる。

「だからそういうのがセクハラだって言ってるでしょう！」

新太郎の拳をよけるように、ヒューゴは身体を反らせて笑っている。

その背後で、先ほど理人が追い回していた鯉がパシャッと勢いよくはねた。

「うわっ」

驚いたヒューゴがバランスを崩し、後ろに倒れる。もちろん腰を捕まれていた新太郎も、新太郎に抱きかかえられていた理人も。

ばしゃーん、と水音がする。ヒューゴを下敷きにするように、三人が連なって水路に落ちてしまった。

「つ、冷たぁ～！」

新太郎が慌てて理人を抱えたまま立ち上がろうとすると、ヒューゴが「ぐぅ」とうめいた。彼の腹に膝がめり込んでいたからだった。

「あ、すみません……」

「わ、わ、私を踏みつけにするなんて、君は……君は……」

ずぶ濡れの状態でヒューゴが震えている。新太郎は思わず笑ってしまった。

「あははは、怒ってるのか寒いのか分かりませんね」

「両方だよ！」

そう言って怒鳴ると、あきれたようにヒューゴも笑った。

二人がずぶ濡れで大笑いしているのを、理人が無表情で交互に見ている。

「理人くんもびしょびしょだね」

「風邪をひいてしまうな。せっかくだから、このまま部屋の温泉に入ろう」

声をかけられた理人の目が細くなり、口角がゆっくりと上がっていく。

白くて人形のような面立ちに、にぱっと天使のような笑みが浮かび上がったのだ。

「――理人くん！」

慌ててヒューゴを見ると、おそらく自分と同じ顔をしていた。

「わ、笑った……」

理人は、かわいい犬歯を見せてにこにこと笑みを浮かべている。

「理人くんが笑った！　わ……白いガーベラが咲いたみたいだ！」

そう言って理人を抱き上げて、ふにふにのほっぺをなでる。互いに濡れているのでひんやりしていた。

初めての感情に、少し戸惑った。植物が花を咲かせたり実をつけたりする姿をかわいいと思っても、人に対してそんな感情を抱いたことがなかったからだ。

「本当だ、笑顔も素敵だね……理人」

ヒューゴも見とれるようにのぞき込んで、理人の頬をなでた。

理人は自分が何をしたのか分かっていないのか、不思議そうにしていたが大人二人が喜んでいるので、ずっとにこにこと笑っている。いつの間にか出てしまっていた尻尾が、左右にパタパタと揺れている。ヒューゴの上着を巻き付けて慌てて隠したのだった。

ヒューゴと理人は別荘の真新しい檜風呂《ひのきぶろ》へと向かい、新太郎は従業員用の共同浴場を貸してもらうことにした。理人は一緒に入りたそうにしていたが、さすがに使用人が雇い主と一緒の湯をもらうわけにはいかない。その従業員用でさえ上等な造りの風呂なのだから、きっと別荘はもっとゴージャスなのだろう。

脱衣所の前で支配人から渡されたのは、名前だけは知っているが触れたこともない高級

ブランドの服で、給料から天引きされるのかと思うと「ぐ」と声が出てしまう。察した支配人が耳打ちしてくれた。

「経費にしておりますので、ご心配なく」

手早く身体を温めて共同浴場を出ると支配人が待機していて、二人でヒューゴたちのいる別荘群に向かった。

「社長の……ヒューゴさまの日本邸のガーデナーだとうかがいましたが、あなたは人間なのですね、事情をご存じの」

新太郎は「あ、はい」と肩を狭める。オランウータン獣人の支配人によると、新太郎が浴場を借りたこの建物は獣人専用の従業員棟なのだという。

「人間と獣人で従業員棟を分けてるんですね」

「ええ、獣人の秘密を守るためでもありますし、そのほうが獣人側のストレスも少ないと社長がお決めになりました」

別荘群に向かう石畳の道を、二人でゆっくり降りていく。話題はこのリゾートができるまでの経緯に。

「日本の獣人たちにとっては、このリゾートの雇用環境は衝撃的なことだったんですよ」

首をかしげる新太郎に、かみ砕いて説明をしてくれた。

それぞれの特徴を認めつつ支え合うのが獣人コミュニティだが、雇用に関しては、日本の獣人は「血」を重んじる傾向が強く、各種族のリーダーが事業を興すなどして一族を守ってきた。一族の中には、人間のふりをしつづけるのが苦手な獣人もいて、そういった弱者をサポートする役目もあるのだという。

「しかし守るのは同じ種族の者だけなので、一族から追われたり、その一族の事業が失敗したりした際にこぼれ落ちる獣人たちの受け皿が少なかったのです」

それが日本の獣人社会の中では問題となっていた。こぼれ落ちた獣人たちは自力で生きていくしかなくなるが、どこで人間に獣人の存在がばれてしまうか分からないからだ。

「そこでこのリゾートの建設計画が立ち上がりました」

ここでは種族を問わず従業員を募集し、人間の姿が苦手な者には人前に出ない仕事を与えるなど、それぞれの立場に合わせているのだという。

「もちろんビジネスですので事業性は精査されていますが、発案のきっかけは、そのようないきさつだったのです」

「それは誰が発案を……」

「もちろん、社長のヒューゴさまですよ。『日本の血縁への執着も悪くないけど、困っている人がたくさんいるならやるべきだ』と」

誰の話をしているのだろうか、と新太郎は一瞬戸惑った。

裸で庭に現れた、自分を中心に世界が回ると信じている、球根と苗の見分けもつかない、あのヒューゴ・レナード・グローブスのことなのだろうか。自分の記憶にあるヒューゴとの落差に、思考が追いつかないでいる。

「我々も英国貴族がなぜ日本の獣人のために……と疑っていたのですが、種族の違う日本の子獣人を養子にされたことで信じるようになりました。血や種を重んじる日本では考えられないことですし、異種族との養子縁組は海外の獣人社会でもまだ広まっていない。それをさらりとやってのけたので『ああ、そういう方なのだな』と……」

ヒューゴの経営理念を疑う者はいなくなったのだという。

「あの、なぜそんな大事な話を、人間のおれにしてくださったんですか」

「社長がここに誰かを連れてくるのは初めてでしたし、理人さまもなついておりますので、そういうご関係かと」

「ち、ち、ちがいます！　理人くんの世話を引き受けているだけです！」

そういう関係、の意味を察した新太郎は、熱くなった顔をぶんぶんと横に振る。そうしているうちにヒューゴと理人のいる別荘に着いた。

「まあ、なんと愛らしい笑顔でしょうか」

別荘では、微笑みを浮かべている湯上がりの理人を見て、ロバートがその愛らしさに打ち震えていた。

「帰ったらみんな驚きますね」

新太郎を見るなり、理人が駆け寄ってくる。尻尾も乾かしてもらったのか、ふわふわになっていた。きつねの尾のような形状をしたイネ科植物を思い出す。

「ふふ、パンパスグラスみたいだ」

するとと理人がそっとこちらにお尻を向けてきた。一瞬戸惑ったが、頬を赤くしてお尻を寄せてくる。「さわっていいよ」とアピールしているのだ。

「わあ、ありがとう。手触りもすごくいいし、真っ白できれいな尻尾だね」

バスローブ姿で浴室から出てきたヒューゴが、その様子に瞠目していた。

「すごいね。新太郎は尻尾を触らせてもらえるの」

その言葉の意味が分からないでいると、ロバートが解説してくれた。

「尻尾はどの種族も敏感なので、かなり信頼していないと触らせないのです」

お尻を近づけてきたのは、理人の好意の証《あかし》だったのだ。

新太郎は理人を膝に乗せて「触らせてくれてありがとう」とほっぺをなでた。すると、ふたたび犬歯を見せてにぱっと笑ってくれる。

新太郎は、押し倒された晩にヒューゴの尻尾を力一杯握り込んだことを思い出した。

「あ……本当は尻尾、だめなんですね」

「そうだよ。痛いし、力が抜けるし」

ヒューゴが苦笑いしていた。むしろ、あの反撃があったから逃げ切れたのだなと新太郎は振り返る。水路に落ちそうになった新太郎たちを助けた際の、あの身のこなしを考えると本来太刀《たち》打《う》ちできる相手ではないのだ。

ちら、とヒューゴを横目で見ると、彼もちょうどこちらを見下ろしていた。

「私の弱点を見つけたなどと思わないことだよ」

「そういうつもりでは……」

リゾート内を楽しく散策した新太郎と理人は、明日のプレス向け内覧会のために宿泊するヒューゴを残して、軽井沢の本邸に帰宅することになった。ヒューゴには泊まるよう促されたが、庭の作業をこれ以上遅らせたくないので断った。

ヒューゴは「私の会見、見たくないの？」などと、見たくない人間が存在しないかのような口ぶりだったが、まるで興味がないことを伝えると憮然とした表情で見送られた。

帰宅すると午後六時を過ぎていた。

新太郎は理人とロバートに挨拶して、使用人の居住棟に引っ込もうとするが、理人が服の裾を離さない。一緒に夕飯を食べたいようだ。

「理人くん、ごめんね。おれはあっちの家でご飯なんだ」

使用人居住棟を指さして謝罪するが、理人は何度もにぱっ、にぱっ、と笑顔を見せて裾を引っ張る。笑顔とは裏腹に、その瞳は不安げに揺れていた。

（きょう、理人くんの笑顔でおれたちが喜んだから、覚えた唯一のコミュニケーションで一生懸命気を引こうとしているんだ）

不憫《ふびん》に思ったのか、ロバートがこう提案した。

「どうでしょう、新太郎さん。ヒューゴさまがご不在の日は、理人さまはいつも一人でお食事なので、お世話係として一緒にお食事するというのは」

「ええっ、いいんですか？　ただの使用人なのに」

「理人さまがお望みなら、それを叶えてさしあげるのが使用人の努めです」

新太郎は、広いダイニングテーブルでぽつんと食事する理人の様子を想像し、ぐっと唇を噛んだ。懸命に笑顔を作って見せている理人の前にかがんで、視線を合わせた。

「じゃあ、お言葉に甘えて、夜ごはん、ご一緒させてもらうね。でもおれ、気の利いたことしゃべれないからね」

理人は、その場でくるくると横回転した。

翌朝、腹部に感じる重量感で新太郎は目を覚ました。

「う〜ん、重い、なんだ……」

昨日母屋で食べた夕食が胃にもたれたのだろうか。昨夜のメニューを思い出しているうちに、腹の上でそれはモゾモゾと動いた。

驚いて頭を上げると、布団の上に理人がまたがって親指をくわえていた。起き抜けなのか、パジャマ姿で耳と尻尾も飛び出ている。真っ白な尻尾がパタパタと揺れていた。

「り、理人くん……！」

おはよう、とでも言うように、にぱっと犬歯を見せる理人は天使のようにかわいらしいが、それどころではない。時計を見るとまだ午前五時半。そんな朝早くに母屋を抜け出して、この使用人の居住棟に来ているのだから。

「どうやってこっちに来たの？　こっそり抜け出してきたのか？」

抱えた理人に、そんなことを尋ねながら新太郎は自室から共有スペースのある階下に降りていく。

一足先に朝食をとっていた、メイドの女性――蛇獣人の彼女だ――が「あらあら」と声を上げた。

「まるで親子ね」

パジャマ姿の理人を抱っこしている、寝癖をつけたスウェット姿の自分——ガラス戸に映った様子は、メイドの言うように日曜の朝の親子のようだ。肌の色も、そもそも種族も違うのだが——。

内線で母屋に連絡すると、やはり理人がいないと騒ぎになっていた。

母屋に連れて行くと、理人の隣室にいる夜間担当のナニーががっくりとうなだれた。

「今までこんなこと一度もなかったんです、起こされるまでベッドにいらっしゃるので。気づかずに申し訳ありません」

ナニーはウサギ獣人のため耳がいい。少しの物音で気づけるはずなのに、それができなかったということは、理人が足音を立てずにこっそり抜け出したということなのだ。

「それほど新太郎さんのそばに行きたかったのですな」

ロバートが代弁すると、理人が「そうだよ」とでも言うように、覚え立てのあの笑顔を見せた。

「でもこれが続くと危険ですね、小さい子が人のいない時間帯に家を行き来するのは、敷地内とはいえ——」

新太郎がぽつりと漏らすと、ロバートとナニーにじっと見つめられる。

「そうですよね。目的の人物がそばにいればこんなことは起きませんよね」

ナニーの意味深な言葉に、新太郎は目を丸くしたのだった。

「えーっ、おれが理人くんの隣室に引っ越し?」

大声でのけぞる新太郎に、ロバートは人差し指を立てて説明した。

「理人さまは三歳とはいえ狼なので身体能力も高く、部屋の鍵を閉めても窓から飛び降りるくらい簡単なのです。ヒューゴさまから手当も出すとのことで」

雇い主への根回しも終わっているあたり、さすが屋敷を長年取り仕切っている手練《てだ》れだ。

「でも使用人が母屋に泊まるだなんて……」

「メイドとフットマンは、夜間の呼び出しにも対応できるように毎日交代で母屋に泊まっているのですよ」

それは夜勤だからいいのだ、と新太郎は思った。元々人と一緒に長くいるのが苦手なのに、夜まで母屋にいるとなればストレスがたまりそうだ。しかも、ヒューゴに押し倒されたことを考えると防犯上の懸念もある。

きゅっと指先を握られた。見下ろすと理人がじいっと熱い視線を送ってくる。そして再び「にぱっ」を向けてくる。

（だめだ、断れない）

観念した新太郎は、理人の隣室に荷物を移動させたのだった。ロバートの「あと三週間、帰国までの間ですので」という言葉に、ちくりと胸を痛めながら。

（そうか、理人くん……イギリスに帰っちゃうんだ）

その日、引っ越し以外は理人とのんびり庭作業ができた。

休憩時間に理人お気に入りのハーブ水を出すと、ロバートがバスケットを持ってくる。バターと蜂蜜《はちみつ》で、ナッツやドライフルーツを固めたトフィーというお菓子が入っていた。

疲れた身体をその甘さで癒やしていると、理人がテラス席からリビングに向かって駆けだした。一緒についていってみると、壁に埋め込まれたテレビにヒューゴが映っていた。

「きょうは、あのリゾートの内覧会だって言ってましたね」

夕方の情報番組には、マスコミから囲み取材を受けているヒューゴの様子が映し出されていた。

『今回の来日は侯爵夫人候補探し、という噂もあるようですが』

『すでにいるので探していませんよ、世界中の素敵な人が候補です。もちろんあなたも』

ヒューゴはそう言って女性リポーターに目配せしてみせる。リゾートとは全く関係のないワイドショーの質問にまで、ウィットに富んだ答えで応じていた。

「ああ、せっかくならあの日本庭園のことアピールしてほしいのになあ。なんでこう俗《ぞく》っぽい話ばっかり……」

画面に向かって文句を垂れるていと、リポーターの一人がこんなことを聞いた。

『ここに泊まるとしたら、どなたを連れてきたいですか？』

新太郎はラジオで、ヒューゴが「特定の恋人を作らないことで有名」と言われていたのを思い出す。その質問の回答によってはゴシップ誌大喜びの大ニュースになってしまうのだ。ヒューゴは少し考えて、こう答えた。

『ここがただのリゾートではなくて、日本の伝統や自然を尊重した施設だと理解してくれる人と泊まりたいですね。よく見て行ってください、外国人がゲイシャだサムライだと真似をしたレベルではないと分かってもらえるはずです。特に日本庭園は私のガーデナーお墨付きなんですよ。そういえば、昨日私はその水路に落ちましたけれど』

リポーターが一斉に笑い声を上げる。

『連山の湧き水を引き込んでいるのできれいですよ。水質を確認できてよかった』

ヒューゴが片目を閉じると、カメラのストロボが無数にたかれた。

テレビの大画面でそんな様子を見ていた新太郎は、ぽかんと口を開けていた。

――私のガーデナー。

その響きに、首回りがもぞもぞとした。

庭の担当者として認められているこそばゆさと、『私の』と冠がついた恥ずかしさと。複雑な顔をした新太郎を理人がのぞき込む。慌てて取りなして作業に戻るのだった。

高原を吹き抜ける風に、やさしい香りが混じる。

「あ、春のにおいだ」

新太郎は風上に顔を向けた。鼻のいい理人は、クンとひと嗅ぎすると尻尾をぱたぱたと振った。

「理人くんは、どうしたらおしゃべりができるようになるかなあ」

ぶどうの房のような花を咲かせるムスカリを植えつつ、新太郎は向かいに座り込む理人をじっと見つめた。植え終えると水やりに移る。理人は、にぱっと笑って自分のじょうろを取りにテラスに駆けて行った。

「カウンセリングとか……専門的な手段もだめだったんですよね？」

そばにいるロバートを見上げると、彼は残念そうにうなずいた。

「さまざま手を尽くしましたが」

「おれ、不思議に思うことがあるんです」

ヒューゴは社交界で華々しく活躍する貴族なのに、なぜ話せない理人を養子にしたのか

――ということだ。本人は「白い被毛の私たちが並ぶと映える」などと言っているが、そもそも社交の場では獣になれないはずなのだ。

「カウンセリングや療育に費用がかかるので、理人さまは金銭的に余裕のある家庭での養育が望ましいと言われていました。しかし絶滅危惧種で同族がいない、言葉が出ないとなると、なかなか養親《やしないおや》が見つからず……それを小耳に挟んだヒューゴさまが――」

『この子は、誰より裕福な我が家の子になるために生まれてきたんだ』

そう言って、すぐに養子縁組の手続きを始めたのだという。

やはり、あの「白い被毛が並ぶと映える」は本音ではなかったのだ。

「希少種は獣人社会の中でも生きづらさがあるものです。ホワイトタイガーのヒューゴさまも希少種ですので、自分と重ねて思うところがおありなのだろう、と私は思っておりますがね……」

社会の中で異質である生きづらさは、新太郎も知っている。が、あくまで新太郎の場合は自身の成育歴や性格に由来する生きづらさだ。生まれながらにして「他と違う」というプレシャーは推《お》し量《はか》って余りある。

「希少種ってそんなに異質扱いされるんですか、ヒューゴさまのような貴族でも？」

「希少種は同族で番《つが》う相手を見つけるのも困難ですし、常に好奇の目に晒されます。それが貴族ならなおさらです」

あの美貌だけですでに晒されている感はあるが、獣人社会の中でも浮くとなると、いつ心が安まるのだろうか。

新太郎の場合は人との交流を遮断することで自分を守ってきた。日陰で育つヤツデの葉のように、部屋にじっとしていると次第に回復してくるのだ。ただヒューゴのように経済界も社交界も渡り歩かなければならない人物はそうもいかないだろう。

スポットライトを浴びている人物にも影はある――新太郎はそう感じたのだった。

その夜、新太郎はあてがわれた部屋――理人の隣室――で植栽計画の図に線を引き直していた。

日本庭園で駆けていた理人の様子や、希少種の生きづらさを思うと、狼である彼らしさを解放できる広いスペースを作りたいと考えたのだ。これまでの設計図で一度許可が出ているので、再度雇い主に伺いを立てなければならないのだが。

控えめなノック音が聞こえ、返事をするとヒューゴが入ってきた。テレビで見たスーツのままだったので、今帰宅したようだ。数百万円は下らないオートクチュールなのだろう、筋肉のついた長い手足に美しくフィットしている。

「こんばんは。理人のために部屋を移動してくれたんだね、ありがとう」

新太郎は机から立ち上がって「ちょうどよかった」と図案を机から取り上げるが、ヒューゴが不満そうな表情を浮かべる。

「おかえりなさいとか、帰宅を待っていた、とか言わないの？」

「業務時間外でございます、マイロード。つきましてはこちらを見ていただきたくて」

「私に手紙？　サプライズだね」

そう言って笑顔で開くと、ヒューゴが眉尻を下げる。

「手紙じゃないね……」

植栽計画の変更を伝えると「なるほど」と顎に手を当ててうなずく。

「芝の広場を倍にしたいんです。理人くん、狼なら運動量が必要かと思って。許可いただけたらすぐに芝張りの業者に連絡します」

本当は芝も自分でじっくり丁寧に張りたいが、理人が一日も早く駆け回れるように専門業者を呼ぼうと考えたのだった。

「大賛成だよ、すぐ手配してくれる？　もちろんコストは気にしなくていいから」

自分が庭を仕上げてみせると啖呵《たんか》を切った手前、嫌みの一つでも飛んでくるだろうと構えていたため、二つ返事で了解をもらえて思わず顔が緩んでしまう。

「よかった」

自分がどんな顔をしていたのか分からないが、ヒューゴが珍しそうにのぞき込む。

顔が近いせいで、彼の鮮やかな瞳に新太郎のシルエットが映り込んだ。均整の取れた顔が近いせいで、うろたえてしまう。

「な、なんですか」

「新太郎の笑顔、素敵だなと思って」

「普段からもっと笑えって言いたいんでしょう」

新太郎はうつむいた。知っている、もう長年言われ続けていることだ。笑え、愛想よくしろ――と。

「なぜ？　そんなことしなくていいだろう？」

意外な答えに、新太郎は顔を上げる。

「新太郎がどんな表情をしていても、理人が使用人居住棟に忍び込むほどなついているのだから、悪い人間じゃないのはみんな知っているよ。笑いたいときだけ笑いなさい」

獣人は人よりは勘が鋭いから、笑顔が本物かどうかくらいは分かるのだ、とヒューゴが教えてくれた。

「私に向けて笑ってくれたから嬉しかっただけだよ」

「……そうです、か」

恥ずかしくなって顔を背けた新太郎の肩に、大きな手がポンと置かれた。

「さあ、私たちはずいぶん相互理解が進んだと思うんだ、どうだい今夜――」

「おやすみなさいませ、マイロード」

新太郎は最後まで言わせずに、ヒューゴを部屋の外に追い出した。閉まる扉の向こうで、雇い主が腹を立てている。

「この私が誘ってるのに、冷たい人だ」

遠ざかっていく足音を聞きながら、新太郎は思わず吹き出していた。

相手は人間ではなく虎の獣人であり貴族だ。力で手込めにしようと思えばいつでもできるし、それが訴訟沙汰《そしょうざた》になったとしても、ねじ伏せる地位と財力があるのだ。

それでも新太郎の「お互いの理解が深まってから」という意志を尊重しようとするのだから、なぜか憎めない。その意志も誤解なのだが。

ふと、先ほどのヒューゴの言葉を反芻《はんすう》する。

『新太郎の笑顔が素敵だなと思って』『笑いたいときだけ笑いなさい』

（変な人だな……いや、そもそも普通の〝人〟じゃないんだけど）

誘われている行為の性質上、邪険にしなければならないのだが、不思議と気持ちはふわふわとしている。これまで人間社会でもらってきた「×《ばつ》」が、獣人が暮らすこの屋敷ではたいしたことではないという事象が続き、息苦しさが薄れていく気がした。

「このハーブ水、とてもおいしいね」

翌日は朝から三人で庭作業することになり、午前の休憩で出したハーブ水にヒューゴが感嘆の声を上げた。ドライハーブを混ぜ込んだクッキーを出しながら、ロバートも理人がハーブ水を喜んで飲む様子に感心する。

「理人さまも新太郎さんのハーブ水が本当にお好きで。隠し味でもあるんでしょうか」

「ハーブは一種類だとクセとかえぐみが残るんです。何種類も混ぜると、それを相殺《そうさい》する効果が出て味のいいところだけが残るんですよ。甘みもステビアという植物です」

ヒューゴは感心しながらもう一杯飲み干して「いい味もうまくコラボしていて相乗効果を出している気がするね」とうなずく。その言葉に、新太郎は同意した。

作業を再開した直後、新太郎は先ほどのハーブ水のたとえがふと浮かんだ。

「複数のハーブ水の効果、獣人の暮らし方とちょっと似てますね」

どういうことかと首をかしげるヒューゴに、続けて説明する。

「種族によってそれぞれ得手不得手があるでしょう。蛇は熱いのが苦手とか、犬は嗅覚がするどいとか。特別なことはしていないのに自然と補い合って調和してるなって」

新太郎はキンギョソウをポットから取り出して、そっと植える。少し根をほぐしてやるのがこつだ。気分が乗って、よくしゃべってしまう。

「ハーブ水に限らず、植物もそうなんですよ。同じ土壌《どじょう》で何種類も育てることで、背の高い草が日陰をつくってくれたり、根っこの成分が虫除けになったり。互いの役に立とうなんてこれっぽっちも思ってないけれど、うまくかみ合ってゆく。おれはそういう生き方、好きです」

「へえ」

ヒューゴが興味深そうに新太郎をのぞき込んでいる。

だからこそ、どうして人間だけは同質であることを求めるのか、と愛想や協調性を求められ続けた職場のことを思う。その表情の一瞬の陰りに気づいたのか、ヒューゴが顔をのぞき込んできた。

「さっきまで、いい顔していたのに」

「いい顔……？　してましたか？」

「うん、優しい春風みたいな顔」

「春風の顔？　全然分からない、何ですかそれ」

不思議なたとえに、ぶはっと吹き出してしまう。

「さっきの続きですけど、獣人と暮らすここではおれも自然体でいられることが多い気がします。昨晩ヒューゴさまに愛想笑いは必要ないと言われたときも、気持ちがすっと楽になりました」

そう言ってお礼のつもりで頭を下げると、ヒューゴが顔を赤くしていた。「ではなぜ昨夜部屋から私を追い出したんだ……」とブツブツ漏らしている。

「ヒューゴさまもそんな顔をするんですね」

そう言われたヒューゴは、なぜか慌てて袖で顔を隠す。

「えっ、私どんな顔してる？」

「カラスウリみたいな顔」

「カラシュリ？　全然分からないな、何だいそれは」

先ほどのやりとりの繰り返しに、二人で視線を合わせて笑ってしまった。

「さあ！　作業をどんどん進めますよ、いい庭にしましょう」

袖まくりして気合いを入れる新太郎に、ヒューゴがうなずき。またあの言葉を口にした。

「庭は持ち主の心だからね」

初対面のときに放った自分の言葉を気に入って使ってくれているのだろうか。新太郎の視線に気づいたヒューゴが、片目を閉じた。

「亡き祖母の口癖なんだ。君が同じことを言ったときは驚いたよ」

だから庭を任せることにした、と。

〝庭は持ち主の心〟と教えてくれた恩師・高木は渡英経験者だ。イングリッシュガーデンの本場では、そういう考え方が根付いているのだろう。

高木の教えが、自分を助けてくれていたのだと思うと胸が熱くなった。

【4】 カクテルパーティーの主役

ロバートからスーツの有無《うむ》を確認されたのは、その三日後のことだった。

「就職活動用なら一着ありますけど」

庭管理の自分になぜスーツが必要なのか、と尋ねると、上等なエンボス加工が施されたカードを見せられた。招待状のようで『Alex&Son《アレックスアンドサン》』と書かれている。いまセレブに人気のジュエリーブランドらしい。

「そのブランドのカクテルパーティーに、ヒューゴさまだけでなく理人さまも招待されているので同伴していただきたいのです」

カクテルパーティーという単語すら初耳だというのに、同伴して何をすればいいのか。

新太郎は嫌がったが、午後には百貨店の外商《がいしょう》がタキシードを抱えてやってきた。

「こんな花婿みたいな服を着ないといけないんですか！」

抵抗しながらも、外商が手際《てぎわ》よく新太郎のサイズを測っていく。

「服をお持ちでなければタキシードにするようヒューゴさまに言われております。オーダーでは間に合わないので、既製品を補正します」

「レンタルじゃだめですか？」

「ファッション関係者が多く集まるので見抜かれてしまうかと」

英国の侯爵に貸衣装の同伴者がいるのは外聞がよくないのだという。ならば連れて行くな、と恨めしげにフィッティングをする。

ソファに腰掛けて、その様子を理人が眺めているので、ふと理人の衣装はどうなのだと聞いてみた。

「理人さまはタキシードもスーツもお持ちですよ、すべて手縫いの一点物です」

「三歳にして……！」

会話の内容が理解できているようで、理人はナニーとともに部屋から衣装を引っ張り出してきて、新太郎に並べて見せ、白い犬歯を出してにぱっと笑った。

パーティー当日。

新太郎は新調してもらった紺《こん》のタキシードがうまく着られず、自室でもたついていた。すでに水色のタキシードを着こなした理人が部屋にやってきて、新太郎のベッドの上でボヨンボヨンと跳ねている。

「あれ、襟《えり》これどうなってるんだ？　ちょっと理人くん首元見せて。どうやって着けるんだ、このタイ」

ジャンプしている理人を捕まえてネクタイをのぞき込んでいると、ドアがノックされて「入るよ」とヒューゴの低い声がした。

扉が開いた瞬間、彼の装いに目を瞠った。

オフホワイトのタキシードに、純白のワイシャツとボウタイ――。ドレッシーな装いが、後ろに軽く流したプラチナブロンドと相まって、ハレーションを起こしそうだ。そのぶん、彼の美しいブルーとブラウンの虹彩が際立つ。あえて靴を黒で外すあたりが、セレブのおしゃれというものなのだろう。

思わず見とれていると、ヒューゴが歩み寄ってボウタイを着けてくれた。

「うん、似合ってるね新太郎。若々しいから紺色が引き締まる」

「あ、ありがとうございます……ヒューゴさまこそ、アカデミー賞の俳優みたいですね」

「アカデミー賞受賞者には友人もたくさんいるよ。会いたければ今度――」

いえ結構です、と雇い主の言葉を遮《さえぎ》りながら自分の発言を反省した。たとえが褒め言葉にならないのだ、彼も〝その世界〟の住人だから。

そんなまばゆさから、襟を整えられる間ずっと視線をさまよわせてしまった。ヒューゴの指先が首筋にかすかに触れた瞬間、ぎゅっと目をつぶってしまう。組み敷かれたあの夜のことを、思い出してしまったのだ。

(腹立たしかったのに、どうして)

「なぜ顔が赤いの、カラスウリみたいに」

(カラスウリ、調べたんだ)

そのささやきに目を開けると、ヒューゴが意地悪な笑みを浮かべている。

「私に見とれるの、遅すぎない？」

新太郎は「次から遅れないよう気をつけます」と珍妙な返事をしてしまうのだった。

パーティーだというのでホテルに行くのかと思いきや、胴長な高級車で到着したのは歴史を感じる重厚な洋館だった。石造りの門は厳重なセキュリティが敷かれていて、車寄せにヒューゴたちの車が停まると、ボーイが恭《うやうや》しくドアを開けた。

「ようこそお越しくださいました、グラモガン侯爵」

ヒューゴは、上品に微笑んで礼を言うと理人の手を引いて車を降りた。理人も初めての雰囲気なのかきょろきょろと落ち着かない。

「緊張しなくて大丈夫。今夜は獣人しかいないんだ、もし耳や尻尾が出ても大丈夫だよ」

理人が返事代わりに、いつもの笑顔を見せた。

問題は自分だ。緊張でどちらの足から踏み出せばいいのかも分からなくなっている。ジュエリーの新作展示を兼ねたパーティーなので、招待者の視線はジュエリーに集まると分かっていても、だ。

洋館にしては和の趣《おもむき》もあるこの建物は、東京駅などを設計した著名な建築家が手がけた貴紳《きしん》住宅なのだという。明治時代に建てられた国の重要指定文化財だと聞いて、新太郎はエントランスをくぐるだけで緊張してしまう。新しい革靴が、よく磨かれたダークブラウンの床をキシ……と揺らす。

洋館に入ってすぐ、ヒューゴは真っ黒なタキシードに身を包んだ男性に声をかけられた。衣装を黒で統一した、黒髪の白人男性だった。彼もやはり九等身近いモデル体型で、歩くだけでそこがランウェイになりそうな男だった。

「ヒューゴ！」

彼は親しそうに歩み寄り、ヒューゴと握手をする。白と黒のタキシード姿の美男が並ぶと、有名なブランドのポスターにでもなりそうだ。会話が英語のため内容は分からないが、ヒューゴが彼を「アレックス」と読んだので、本日の主催者である『Alex＆Son』の代表だろう。

ヒューゴは理人と新太郎を呼んで、日本語でアレックスに紹介した。

「息子の理人、友人で理人の一番の理解者、新太郎だ」

アレックスは日本語で「ようこそ」と口の両端を引き上げたが、目は笑っていなかった。値踏《ねぶ》みするような視線すら感じる。

ロバートの事前説明によると、アレックスことアレックス・ドラクロアも英国貴族で、伯爵位を持っているらしい。父の興したファッション事業のうち、ジュエリー部門を自身の名を入れて再出発させた。質のいいダイヤモンドの取り扱いで名を馳《は》せ、今ではセレブ御用達のジュエリーブランドに上り詰めているのだという。

会場ではショーケースに展示された新作ジュエリーに招待客が見とれていた。その横で、理人はヒューゴに抱っこされて、他の招待客たちからちやほやされている。

新太郎はウェイターからシャンパングラスを受け取ると、ショーケースをのぞき込んだ。中央の最も大きなショーケースに飾られていたのは、バラの形をした首飾りだった。金のプレートには英語で「ブラックローズ」と書かれている。

黒い宝石で花弁が作られ、周囲にはさらに華美な透明の石がちりばめられている。金細工の葉は、葉脈まで緻密に再現されていて、バラの育種家を夢見る新太郎にはすぐにその品種が分かった。

分かるからこそ、違和感を抱いているのだが――。

「この花弁、ブラックダイヤって書いてるよな……うーん」

周囲から「このネックレス、二億円ですって」と聞こえ、額におびえた小市民は違和感などかなぐり捨ててその場から退散したのだった。

「みなさま、今夜はお集まりいただきありがとうございます」

主催のアレックスが、ヒューゴほどではないが、なめらかな日本語でスピーチを始める。

「いつも日本ではホテルで行う新作発表ですが、本日は二部制としてこの旧橋邸を会場としました。たまにはレトロな雰囲気もいいでしょう？　ほら、代表がフレッシュだし」

日本語でのスピーチでも、自身の若さを逆手に取って客を楽しませる。

アレックスは、本日の新作の目玉である黒バラのネックレスを熱心にアピールした。希少なブラックダイヤをタンザニアから買い付け、一流の職人が加工した——と。

「私のブランドで植物をモチーフにしたジュエリーは初めてです。この再現にこだわった黒バラは、Alex&Sonが持続可能な社会を目指し、自然との共存をテーマにしていく、という決意の表れでもあるのです」

招待客がアレックスに拍手を送る。新太郎が横にいるヒューゴをちらりと見ると、手をたたきながら教えてくれた。

「彼、褒められたがりなんだ。毎年褒められそうなコンセプトを持ってくるんだよ」

「普通に立ってるだけでも褒められそうですけどね、イケメンだし」

「私が不在なら、ね」

ああ、と新太郎は納得した。先ほど彼の目が笑っていない理由がようやく分かった。

招待はしたものの、来てほしくなかったのかもしれない。そうヒューゴに耳打ちすると
「正解」と小さな拍手をくれた。理人がそれを真似して手をたたく。

「新作発表をする日本に私が滞在していたから、招待しないわけにはいかなかったんだよ。

彼のサロンが、私のホテルに入っているからね」

ヒューゴの経営する五つ星ホテル――特にロンドンの一等地――にテナントを構えるのは、そのブランドにとって権威付けの意味合いがあるのだという。なので関係上ヒューゴを招待しなければならないが、アレックスは自分が目立つために来てほしくなかった。だからこそ理人宛にも招待状を送り、子連れを理由に断らせたかったのだ。

「でもほら、まったく心配ないだろう？」

その心配の種だった理人は招待客に、にぱっと笑顔を振りまいて、会場で最も注目を浴びているのだから。

「かわいい～おりこうさんねえ」「頭髪もお義父《とう》さまと同じ真っ白ねえ、あなたホッキョクオオカミなんでしょう？　希少種同士の親子、ロマンチックだわ」

理人の周囲に人だかりができていく。アレックスのスピーチを背中で聞く者すら現れた。

「みなさん、俺の話聞いてますか？」

マイクで呼びかけるアレックスよりも、真っ白の尻尾をあえて出して、みんなの前で降ってみせる理人が主役に成り代わってしまった。招待客が獣人である、というヒューゴの説明を理解していたようだ。

アレックスの主催挨拶はいつの間にか終わっていて、理人はまだ招待客に囲まれていた。正確には、ヒューゴに抱かれた理人が囲まれていたのだが。オフホワイトのタキシードを着こなしたヒューゴと、水色のタキシードで尻尾を振る理人は、二人とも見目がいい上に白に近いプラチナブロンド、シルバーブロンドのため、以前ヒューゴが言及していたようにまさに〝映える〟親子だった。

「ヒューゴさま、そちらの方は？」

モスグリーンのカクテルドレスを着た若い女性が、新太郎に視線を向けながらヒューゴに尋ねる。

「彼は青葉新太郎さん、私と理人の親友だよ」

親友という表現に新太郎は、なぜか頬が緩んでしまう。庭管理の使用人を同伴していると言えば外聞が悪いのは分かっているが、さらりと紹介されたのが嬉しかったのだ。

しかし周囲は意外な反応をしている。尋ねた女性は口元に手を当てて「まあ」と目を丸くしているし、その他の招待客もひそひそと会話をしながら、こちらを品定めするように見ている。

(タキシードが急ごしらえだったのがばれちゃったのかな)

タグを取り忘れしていないか、急に気になってしまう。しかし、そのひそひそ話から漏れ聞こえてくるのは、意外な内容だった。

「珍しいわね、侯爵がご友人を同伴されるのって」

「親友と言うくらいだから、特別親しいんだな。名刺をもらっておこうか」

ヒューゴと近しいというだけで、交流する価値を見いだされる。ヒューゴはそんな周囲の反応に気づいていないのか同伴者自慢を始める。

「新太郎は植物博士でね、理人と楽しそうに庭造りをしているんだけど、新太郎のおかげで理人はこんなに愛想がよくなって——」

「何が愛想だ」

ヒューゴの台詞を遮ったのは、主催者であるアレックスの舌打ちだった。

「その子どもの出自《しゅつじ》を知ってるのか、みんな」

理人が乳児院で育った養子であることは記事にもなったので承知しているはずなのに、

と新太郎が不思議に思っていると、アレックスが突然理人を指さした。

「このホッキョクオオカミの子、赤ん坊のときに日本に密輸《みつゆ》されてきたんだよ」

心臓が、ばくん、と一度跳ねた。ヒューゴから、内密にと教えられたことをなぜかアレックスが知っているのだ――。

「アレックス」

ヒューゴが諫《いさ》めようとすると、アレックスはさらに熱く語り始めた。

「ホワイトタイガーであるグラモガン侯爵の跡取りが、どこの野良犬の子かも分からないみなしごだなんて、ヒューゴ、君にはがっかりだよ。貴族としてのプライドはどこに行ってしまったんだ？」

周囲に聞こえるようにそう言うと、アレックスは突然理人をのぞき込んだ。

「なあ、君もそう思わないか、捨て犬くん」

「アレックス！」

ヒューゴがアレックスの肩をつかむ。

「おや、暴力はいけないな。君は有名人だからニュースになってしまうよ」

「……理人を侮辱《ぶじょく》するな」

新太郎は慌てて理人を抱きあげ、アレックスから隠すように抱きしめた。

（ひどい、なんてやつだ）

怒りで血が沸騰《ふっとう》する。このまま理人をヒューゴに預けて殴りかかってしまいそうだ。

しかし、理人はもぞもぞと動いて、新太郎の肩口からアレックスに向けて顔を出す。そして、にぱっ、とあの笑顔を見せたのだ。

「なぜ笑って……」

理人は、再びにぱっと笑って見せた。何度も、何度も。

この笑顔は、周囲の大人が自分を好いてくれるスイッチなのだ。そして、他に言葉や感情表現を持たない理人には、唯一選択できるカードでもある。

にぱっ、にぱっ、と繰り返し笑ううちに、ヒューゴが新太郎ごと理人を抱きしめた。

「理人、もういい、もう無理して笑わなくていい……」

「ヒューゴさま、帰りましょう」

ヒューゴはうなずくと、会場のスタッフに車を回すよう伝える。そしてアレックスを振り返った。

「失礼するよ、アレックス。今夜の素晴らしいパーティーのこと、私は忘れないよ」

口調は穏やかだったが、その瞳には剣でも抜きそうな怒りを孕《はら》んでいた。人間の姿なのに、虎のうなり声まで聞こえてきそうだ。

「ああ、来てくれてありがとう。こんな冗談も通じないなら社交界ではやっていけないからな。洗礼だよ、気を悪くしないでくれ。ご子息、いい笑顔じゃないか」

ライバルの息子を貶《おとし》めて気が済んだのか、アレックスが言い訳めいた挨拶をする。

ヒューゴはそれには答えず、無理に笑顔を浮かべる理人を抱いて出口に向かった。新太郎も追従したが、ふつふつと怒りが滾り、立ち止まった。

「ヒューゴさま、すみません。おれのこと、クビにしていただいて構いませんので」

そう言うと、振り返って会場の中央に駆け出した。

「新太郎？」

驚いて声をかける雇い主を無視して、新太郎は司会からマイクをもぎ取る。司会が抵抗しようとしたので「うるさい、さっさと寄越せ！」と一括した。

マイクのスイッチを入れて、新太郎は今日の目玉である、黒バラのネックレス「ブラッククローズ」に駆け寄った。

心臓がバクバクと大きな音を立てて「いいのか、本当にやるのか」と問うてくる。

（あんな小さい子を泣かせる大人、許せるわけがないだろ）

新太郎はアレックスをにらんだ。にらまれた当人は腕組みをして、余裕の笑みを浮かべている。「さて、何をしてくれるんだ」とでも言うように。

自分の行動に招待客の注目が集まり始める。新太郎はスウと大きく息を吸って、声を張り上げた。

「みなさん、こんばんは。おれは通りすがりのプランツマンです」

突然マイクでスピーチを始めた青年の、不思議な自己紹介に招待客が驚いたり微笑んだりしている。

「人より少し植物に詳しいので、こちらの新作の目玉であるブラックローズの、素晴らしい出来について一言申し上げたいと思いますッ」

ぱらぱらと拍手が起きる。アレックスは一瞬驚いたようだがまんざらでもない表情を浮かべて、次の言葉を待っている。主催者が発言を容認したのだ。

新太郎はアレックスに向かって満面の笑みを浮かべた。

「ブラックダイヤでバラの再現にこだわった、と代表が言っていましたね。さすが実力ある職人さんです、花弁や葉脈など細部まで見事に再現されていたおかげで、その品種名まで分かるほどでした」

片眉を上げたアレックスは、不思議そうに新太郎の行動を見つめている。振り返ると理人を抱いたヒューゴも似たような表情でこちらを見守っていた。

「せっかくなので、このブラックダイヤで造形されたバラの品種をお教えしますね。ぜひ、

覚えて帰ってください」

新太郎はそう言うと、アレックスをちらりと見る。招待客もしんと静まりかえった。

「〝黒真珠〟です」

しばらくの沈黙のあと、招待客がざわつき始めた。アレックスは狐にでもつまれたような顔で硬直している。

「『Alex&Son』はユーモアセンスの光るブランドですね。黒真珠を黒ダイヤで作る――これが二億円のブリティッシュジョークだ。次回のジョーク……いや新作も楽しみです。それではみなさま、素敵な夜を！」

マイクをオフにすると新太郎はアレックスに向けて、口の動きでメッセージを伝えた。

ばーーーーか、と。

招待客からパラついた拍手と、笑い声が聞こえる。最初はクスクスと控えめだったが、誰かが我慢できなかったのか「ぶはっ」と吹き出すと、一斉にドッと笑いが起きた。その中央でアレックスが顔を真っ赤にして震えている。

新太郎は司会にマイクをぽいと投げ、ヒューゴたちの元に駆け寄った。

「勝手なことをしてすみませんでした、あとで荷物をまとめて出て行きますので――」

しばらくぽかんとしていたヒューゴが、静かに答えた。

「むしろボーナスを請求してくれないか？」

えっ、と思わず声を出して見上げると、ヒューゴが整った顔をくしゃくしゃにして笑っていた。

（この人、自然に笑うとこんな顔するんだ）

いつも皮肉めいた笑みや、カメラ映えする微笑みが多いので、新太郎はぽかんと口を開けてその笑顔に見入ってしまう。

同じくヒューゴの自然な笑顔を見た理人は、ようやく無理な作り笑いをやめた。ヒューゴが理人の髪にキスをする。

「家に帰ろう。泡一杯のお風呂に入って、眠くなるまでお菓子をたくさん食べよう」

「悪い子パーティーだ」

新太郎も理人の背中をさすりながら、その提案に賛成した。

理人はヒューゴに抱かれたまま車に乗り込む。発進したタイミングで声をかけた。

「理人くん、もう大丈夫。早くおうちに帰ろう」

理人は返事代わりに、にぱっと笑って見せる。その瞬間、アイスブルーの瞳から大粒の涙がぼたりと落ちた。

「理人……」

ヒューゴの眉がハの字になる。理人の笑顔はしおしおと枯れていき、ひゅん、ひゅん、と苦しそうな嗚咽を漏らした。涙が止めどなくあふれてくる様子に、新太郎も心臓がピアノ線で縛られたように苦しくなった。

「ああ、理人になんて謝ったらいいんだ。こんなことになるなんて」

かわいそうに、とその頬に手を当てる。

新太郎はチャイルドシートに座った理人を思わず抱きしめ、背中をさすっていた。理人はすんすんと鼻をすすって、新太郎の胸に顔をこすりつけている。

これまでの大人の会話も理解していた理人だ。きっとアレックスの悪意ある言葉も部分的に理解し、傷つきながらも精一杯の対応をしたのだと思うと、怒りと不憫さで目頭《めがしら》が熱くなる。

「あのアレックスっていうやつ、何なんですか?」

ヒューゴが彼を簡単に説明してくれた。

ポートマン伯爵ことアレックス・ドラクロアは、英国獣人貴族のなかでも派手好きの黒豹《くろひょう》獣人一族だった。中でも極《きわ》めて目立ちたがりのアレックスにとって邪魔だったのが、同世代のヒューゴなのだという。

本来なら容姿にも才覚にも恵まれたアレックスの一挙一動に世間が注目するはずなのだ

が、不運にも随一の容姿と資産を持つヒューゴの陰に隠れてしまっているのだ。

「だから私のことが面白くないんだよ。血のつながっていない理人には興味がないと思っていたんだけど……」

しかし、ヒューゴに代わって理人がパーティーの主役をアレックスから奪ってしまったせいで、これまでの嫉妬も含めた恨みの矛先《ほこさき》が幼い理人に向かってしまったのではないか――とヒューゴはみている。

屋敷に到着すると、連絡を受けていたロバートが泡風呂を用意して待ち構えていた。

「おかえりなさいませ、マイロード」

「ただいま、連絡したように今夜は理人は私の部屋で寝るよ」

いつもはナニーが理人を入浴させるが、今日はヒューゴがそれを担う。

バスローブ姿の養父に抱かれて風呂から上がってきた理人は、髪もふんわりと乾かしてもらったようで、身体をほこほことさせていた。その間に使用人居住棟でシャワーを浴びてきた新太郎も、ロバートともに二人のお菓子パーティーの準備を整えていた。

「理人、ほら新太郎が用意してくれたよ。お菓子もジュースも食べ放題だ」

セレブのお菓子パーティーというのでホテルのアフタヌーンティーのようなイメージを抱いていたが、並べられたお菓子の多くは日本や英国の駄菓子《だがし》が多かった。中には厨房担当が焼いた、家庭的なクッキーやパウンドケーキもある。

「ほら、普段あまり出ないお菓子がたくさんあるだろう？　食べてごらん、袋の中にキラキラしたシールが入っているよ。私も初めて見るものがたくさんあるな」

パティシエの手作りや、高級洋菓子店のものが多いセレブ家庭にとっては、駄菓子こそめったに食べられないご褒美なのだ。

目元に赤みを残しながらも泣き止んでいた理人が、チョコを挟んだウエハースの駄菓子を開封する。その角をかじりながら、二頭身キャラクターの描かれたシールを取り出し、照明にかざして目を輝かせていた。

三人でお菓子を食べたり、チョコでクッキーに絵を描いたりしているうちに、理人がうつらうつらと船をこぎ始める。ナニーが簡単に歯磨きをさせているうちに、ヒューゴが立ち上がってバスローブの腰紐をほどき始めた。

「わっ、ここで脱ぐんですか！　使用人が退室してからに――」

半裸で寝るのかと思い、新太郎は目をそらすがヒューゴからは笑い声が返ってきた。

「脱がないとバスローブが破れてしまうからね、見ていてもいいよ」

意味深にそう言われると、気になって指の間から覗いてしまう。

バスローブを腰まですするりと落としたヒューゴの背中は、広く、そして見事な筋肉で引き締まっていて彫像を見ているようだ。

背を丸めるとヒューゴのプラチナブロンドがざわざわと逆立ち始め、白い肌からゆっくりと縞模様の被毛が伸びる。そこで初めて獣姿に変化していると分かった。

バスローブが絨毯に落ちたときには、目の前には立派なホワイトタイガーが立っていて、ぐぐぐ、と身体を低くして背伸びをした。

歯磨きを終えて戻ってきた理人に声をかける。

「理人もきょうはこっちの姿で寝よう」

そう向けられると、理人はパジャマを脱ぎ捨てて真っ白な子狼の姿になり、ホワイトタイガーの足下にじゃれついた。

（すごいな、虎と狼がじゃれてる）

理人があふ、とあくびをすると、ヒューゴが大きな口をぐわっと開けて理人に顔を近づけた。鋭い牙が覗いてどきりとしたが、理人の胴体をくわえてベッドに乗せただけだった。

ヒューゴもベッドにのそりと上がり、身体を丸めるように横たわる。大きな前足で理人をちょいちょいと移動させ、一段と被毛が柔らかな腹のあたりで寝るよう促した。

ふかふかの被毛に顔を埋めた子狼は、尻尾をパタパタと振りながら腹の被毛にじゃれつく。こうして見ると、真っ白な種族違いの獣なのに、本当の親子のようだ。

「それではおやすみなさい」

頭を下げて退室しようとすると、キューンとか細い声が聞こえる。理人がこちらを見て鳴いているのだ。くりくりとしたアイスブルーの瞳が「行かないで」と訴えている。

「じゃあ、理人くんが眠るまで。絵本でも読もうか」

ベッドサイドに椅子を移動させて、絵本を朗読《ろうどく》しようとすると、理人がむくりと立ち上がって新太郎の袖を口で引っ張った。近くに来いということらしいが、さすがに雇い主のベッドに上がるわけにはいかない。押し倒された夜はカウントしないとして。

「できないんだよ、理人くん」

言い含めるが、キューンと弱々しく鳴かれ困り果ててしまう。

「細かいことはいいじゃないか、私のベッドに入るのは初めてじゃないんだし」

体長約二・五メートルの白い虎が、流ちょうな日本語で自分を呼び寄せる様子は、いまだに不思議でならない。しかし、押し倒された夜をほのめかすその顔は、虎だから分からないはずなのにニヤニヤしている気がする。

「エロ親父みたいな顔やめてくれませんか」

ヒューゴが「えっ、そんなふうに見える？」と前足で顔をごしごしと擦る。その仕草は、まさに猫が顔を洗っているそれで、獣姿のときは仕草も獣らしくなるのかと笑ってしまった。おかげで警戒心はすっかり消え、新太郎は肩をすくめた。

「じゃあお邪魔します」

室内履きを脱いでベッドによじ登ると、理人がヒューゴの腹部に案内してくれる。ヒューゴが簡単な英語で「くつろいで」と言いながら、理人が丸まっている横——つまりヒューゴの下腹あたりを尻尾で指す。

「寄りかかっていいということですか？　でもおれ重いですから」

「六十キロくらいだろう、虎姿の私は二百四十キロだよ」

そもそも雇い主をソファかクッションのように扱っていいのかとも思ったが、おそるおそる横腹に身体を預けた。見た目よりも柔らかな、白と黒の被毛が肌をさらりと撫でて心地いい。ヒューゴが呼吸をするたびに、自分の身体が上下に動くのもなぜだか懐かしさを呼び覚ます。

「すごい、ふわふわだ……」

「そうだろう、そうだろう。たまに獣姿でお風呂に入って、一流のトリマーにブローやブラッシングをしてもらっているからね。そこらの毛皮の絨毯には負けないよ」

自慢げにひげをヒヨヒヨと動かす。

「でも牙がちょっと怖いな、咬まないでくださいね」

「どうしようかな、肉食獣だからな」

冗談めかして咬むふりをすると、理人が前足の肉球でヒューゴの顔にパンチをした。ヒューゴもやられたふりをして顔を押さえた。

「いたたた、頼もしいナイトがいるから新太郎は食べられないな」

新太郎は絵本を開いて、つたない朗読で読み聞かせを始めた。

理人はそれを聞きながらヒューゴのグルーミングを受ける。頭をザリザリと大きな舌で毛繕《けづくろ》いされると、白い被毛がモヒカンのように立ち上がってかわいらしかった。

タイミングを見計らって、ヒューゴが口を開いた。

「理人、きょうはとてもつらい思いをさせてしまったね」

理人は返事をするように、鼻をスンスンと鳴らす。ヒューゴはその頬を優しく舐めて、こう続けた。

「悲しいことに私たちのような数の少ない種族は、とても目立ってしまうし、好かれもするが、そのぶん敵意……敵意というのは悪い感情のことなんだけれど、それを向けられることもある。本来私がそんな悪い感情から理人を守らないといけないのに……。父親として心を入れ替えるよ、私たちはファミリーだからね」

ごめんね、と言いながらヒューゴは頬を理人の頭に擦り付けた。

目立つ存在というのは良くも悪くも、他者の関心を引き寄せてしまう――。新太郎はロバートの言葉を思い出していた。

『希少種は獣人社会の中でも生きづらさがあるものです。ホワイトタイガーのヒューゴさまも希少種ですので――』

ヒューゴのように、本人の意思に関わらず常にスポットライトを浴びる生きづらさ、これまで乗り越えてきたであろう葛藤《かっとう》に思いを馳せる。

「でもね、私は貴族で、君は侯爵の息子になってしまった。貴族は、与えられた領地のおかげで今の暮らしがある。だからこそ、生きづらさがあっても果たさないといけない責任もあるんだ。その話も、もう少し大きくなったらしよう」

その言葉に、ヒューゴが背負っているものの重さを垣間見る。新太郎が初対面で感じていた〝物腰が柔らかいだけの傲慢な金持ち〟は、もうどこにもいない。

理人は返事をする代わりに、ぴすぴすと鼻を鳴らす。数回ゆっくりと瞬きをすると、そのまま眠りに落ちていった。

（かわいいな、守ってあげたい）

植物以外に、そんな感情を持つ日が来るとは思わなかったなと自嘲《じちょう》しつつ、新太郎は理人の背中をなでる。ヒューゴも息子を起こさないように優しく毛繕いをし、ついでに新太郎の頭も毛繕いを始めた。
「わ」
驚いて声を出してしまい、慌てて口を塞いだ。視線で「何をする」と抗議するが、ヒュ
ーゴは知らぬ顔をして理人の毛繕いを再開する。
新太郎はあきれ顔でそれを受けながらも、なぜか心地よさを覚えていた。
「でも思ったより嫌じゃないかも。四足歩行、けっこういいじゃん……」
そう心の中で思ったのか、口走ってしまったのか。はっきりしないのは、新太郎がヒュ
ーゴの腹に顔を埋めたまま夢の世界に旅立ったせいだった。
身を任せている白虎が、胴体を小さく震わせ「まいったな」とつぶやいたのも夢だった
のだろうか。

ぐに、と柔らかいもので顎を押し上げられて新太郎は目を覚ました。
見慣れない天井に、雇い主のベッドで寝落ちしてしまったことに気づく。
半身を起こすと、半獣姿になった全裸の理人が、新太郎に足を向けてうつ伏せに寝てい
た。寝相《ねぞう》で新太郎の顎を足で押し上げたのだろう。まだいい夢を見ているのか、真っ白の

尻尾がパタパタと左右に揺れていた。

何も着ないで平気なのだろうかと一瞬心配したが、理人が寒さに強いホッキョクオオカミだと思い出す。

「……ん、起きたの？」

シーツが擦れる音と一緒に、低く、とろりとした甘い声が聞こえる。

左隣のシーツの間から顔を出したのは、人の姿に戻ったヒューゴだった。

うつ伏せから肘をついて上体を起こし、ベッド横の時計を確認している。朝日を浴びたその横顔は、寝ぼけているのか隙だらけの色香が漂っている。映画かドラマのワンシーンかと思った。恋人同士が初めて身体をつなげた朝の――。

硬直している新太郎をよそに、ベッド備え付けのボタンをカコッと押して、内線で「おはよう、起きたよ」と執事たちに知らせる。スマートフォンほどのサイズもある大きな内線ボタンだった。

『すぐにうかがいます』

スピーカー越しにロバートの声を聞いた瞬間、新太郎は我に返った。

「うわっ、すみません、おれいつの間にか寝ちゃって――」

ヒューゴは乱れた髪をかき上げながら、いいんだよと微笑んだ。

「それほど私の被毛が上質だということだね、またいつでもどうぞ」

いやいやそんなそんな、本当にすみません、と謝罪を繰り返してベッドを降りると、その振動で理人も起きた。

「おはよう、理人」

「理人くん、おはよう」

二人にそろって声をかけられた理人は、身体を起こして目を擦った後、自身が半獣姿になって裸であることに気づき、ぽっこりお腹に手を置きながらにぱっと笑った。

そして——。

「おはよお、ぱぱ、しんたお」

鈴がリンと鳴るような、かわいい声だった。

【5】もふもふの寝床とおひさまの子

理人が言葉を発したその日、屋敷中が大騒ぎになった。

「理人さま、理人さま、わたくしの名前は何でしょう？」

昼間担当のナニーであるウサギ獣人が、自分を指さして尋ねる。

「みみぃ」

理人は側頭部に長い耳を手で作って見せながら、そう答えた。本名は「美樹《みき》」だが、ウサギの耳と混同して「みみ」と認識していたようだ。それでも本人は涙を浮かべて喜ぶ。

「では、私はどうでしょうか」

ロバートが緊張気味に尋ねると「ろばあと」と返ってきた。

「正解です、ありがとうございます」

表情を変えないところはさすがプロだが、喜びは隠せないようで口ひげをしきりに触っている。割り込んできたのは犬獣人のフットマンだ。自身を指さして尋ねた。

「理人さま、このかっこいいお兄さんは誰でしょ～？」

理人は指をくわえてしばらく考えたあと、にぱっと笑った。

「いぬ」

集まっていた使用人たちが一斉に笑い、犬と呼ばれたフットマンは「だいせいかーい……」と肩を落として下がっていく。その奥で「ばあば」と呼ばれたメイド長の倫子が落ち込んでいた。

朝から理人はこのような調子で使用人たちに囲まれていた。みんな自分が理人から何者と認識されていたのか気になるらしい。

専門家泣かせだった理人が突然話すようになった理由は分からないが、ロバートによると、昨日から今朝にかけての体験が影響しているのでは、という。

知らない人たちにかわいがられたり、一方であからさまな悪意に晒されたり、父親や信頼している人と団子になって眠ったり――。確かに、理人にとっては生まれて初めての経験ばかりだったことだろう。

午後にはシカ獣人の児童精神科医に往診《おうしん》してもらうことになっているが、ヒューゴはそれを待たず「くだらない仕事ができてしまった」とどこかへ出かけた。

出かける前も書斎でテレビ会議をしていた。難しいビジネス英語なので内容は理解できないが、スピーカーから、うろたえるような声が聞こえたり、ヒューゴの顔つきがいつになく険《けわ》しかったりと、外野から見ても難しい事態のようだ。

急きょ往診に来てくれた児童精神科医は、最近の理人の様子をさまざま聞き取りした上で、話すようになった本人ともしっかりカウンセリングをしていた。

「理人くん、もしかして何かいいことがあった？」

医師の問いに、理人はこくりとうなずく。どんなことがあったのか尋ねると、理人はうーんと考えて、こう答えた。

「ふぁみりになった」

「ふぁみり？　お父さんのこと？」

それは本当かと医師がロバートを振り返る。おそらくヒューゴの結婚や婚約のことを視線で尋ねているのだろうが、ロバートも首を振ってそれを否定する。

「ぱぱとしんたおと、むれでねんねした」

群れで就寝、という言葉に新太郎は嫌な予感がした。もしかして、理人の言う「ふぁみり」というのは――。

「理人くんのファミリーはどこにいるのかな」

医師の問いに、理人はにぱっと笑って指をさした。ロバートの横で目を丸くしている自分を――。

（やっぱり！）

カウンセリングを終えた理人をナニーに預けて、ロバートが医師と面談をする。当事者になってしまった新太郎も同席させてもらった。

医師によると、狼は群れで行動し、野生でも育児や介護を熱心にする家族思いの種族なのだという。獣人もその性質は強く持っていて、家族が自分を守る行動に出たことや、獣姿でかたまって就寝したことなどが、理人の中に眠る本能を呼び起こして、発語のきっかけを作ったのではないか――ということだった。

「しかし、なんでおれまで家族だと思われていたんでしょうか……」

新太郎は頭をかく。恥ずかしさで頬が火照《ほて》っていた。

「ファミリーが『できた』と言っていたので、血縁ではないのは理解しているようですが、僕が聞きたいくらいです。手を尽くして理人くんと向き合ってきましたが、どうやってもダメだった。どのようにして家族と言わしめるまで彼の心を開いたのですか？」

「知りませんよ！　大体おれ、子どもに興味なんてなかったし」

ロバートが口元に手を当てて笑いをこらえながら補足する。

「新太郎さんは庭管理を任されたスタッフで、子ども嫌いというより人間嫌いといいますか、植物しか興味がないといいますか……」

今は理人をかわいいと思っているぞ、と心の中で抗弁しつつも、ほぼその通りなので無言で肯定する。

「そうか……関心の有無か……」

医師がブツブツと独り言を漏らしながら、顎に手を当てる。新太郎に理人の過去を知っているかを確認した上で、こんな仮説を提示する。

希少種ホッキョクオオカミの子として密輸された理人は、保護後の乳児院やこの屋敷でも、成育歴や見た目の珍しさから、人の注目を浴び続けていた。しかし、新太郎だけはなぜか自分に無関心。それでもそばにいることは拒絶しない。つまり〝その辺にいる子ども〟として扱われたことで、居心地の良さを感じていたのではないか――と。

「特別な子どもとして扱われることが、強いストレスになっていたのでしょうね」

昨夜のヒューゴの言葉を思い出す。

希少種として生きるということは、好かれたり憎《にく》まれたりと向けられる感情も大きく、生きづらさも抱えるのだ――と。

ロバートが反省したように、肩を落とした。

「こまめなケアと愛情で心の傷が癒えれば話せるようになる、と思っていたのが間違いだったのですな。理人さまが求めていたのは『普通の子ども』でいる権利だった」

「じゃあ、理人くんが使用人居住棟のおれの部屋に忍び込んだのは――」

新太郎の問いに、医師が答える。

「本能で、居心地のいいところにいたかったのでしょうね。しかも昨夜は侯爵と三人で寝たのですよね。侯爵を父だと認識している理人くんの中では、母性を求めてくっついていた新太郎さんが寝床を自分たち親子と共にしたことで……確信したんでしょうね」

何を確信したのか――とは。もう分かっていたので聞き返さなかった。


理人の往診が終わると、いつも通り新太郎は庭造りの作業に着手した。

業者に頼んで張ってもらった芝エリアは広々としていて、理人が猛スピードで駆け回っている。時折、新太郎がそばにいるかを確認したり、「しんたお！　みてて―！」と芝の上であまり上手くないでんぐり返しを披露したりしていた。

庭の作業は着々と進んでいる。この庭ではヒューゴの「バラを多めに」という希望に添って、メインの遊歩道に半つる性のバラでアーチを作る計画だ。きょうは鉄製のアーチを固定するため、理人には芝生で遊んでもらっていた。

アーチを地中に埋めて固定する作業は、理人に「いぬ」と呼ばれた犬獣人も手伝ってくれた。新太郎も彼の名前を把握していないことを正直に打ち明けると、ぷりぷりと怒っていた。

「何度も言ったじゃないか、犬塚《いぬづか》だよ！」

そのままではないか、と思ったが、ぐっと言葉を飲み込んで謝った。

「いずぬか？」

そばに寄ってきた理人が誤って復唱する。ようやく言葉を発した幼児には発音が難しかったようだ。犬塚は理人の視線に合わせるためしゃがみ込んで、諦め顔になった。

「どうぞ『いぬ』とお呼びください、理人さま」

「いぬくん、これどうぞする？」

理人は半ズボンのポケットからキャンディの包みを取り出し、そっと彼に渡した。そんなやりとりで心をときめかせる犬塚に、新太郎は声をかけた。

「犬、アーチの足下にレンガを置いてくれる？」

「新太郎は名前で呼べよな！」

四つ目のアーチを立てたところで、今日の作業は終了した。一体いくつ立てるのだ、という犬塚の問いに、新太郎は両手の指をすべて立てた。

「十本も！　豪華になりそうだな」

「でもバラが伸びてアーチを覆うには一年かかるから、完成はまだまだ先だよ」

新太郎はバラのアーチが完成する様子を思い浮かべた。

実は芝のエリアを広くした際に、もう一カ所計画を変えたのがこのバラのアーチだ。

本当は淡いピンクと濃いピンクのバラを交互に植えるつもりだったが、一本一本、色を変えることにしたのだ。クラシカルな深紅から始まり、ピンク、オレンジそして黄色、クリーム色――と徐々に色を薄くしていく。その奥には白バラのドーム型アーチを作り、ベンチで休めるようにする――と。

その白バラは、恩師高木が開発した「エマ」にするつもりだ。病気にも強く手入れがしやすいのに加え、その上品さがヒューゴに似ているような気がしていたからだった。

バラのアーチを理人がくぐって、ヒューゴを振り返っては手を振り、白バラのドームでお茶をする――という光景まで目に浮かぶ。

（そのときはハーブ水とハーブクッキーもたくさん用意しておかないとな）

「……なにヘラヘラしてんだ、気持ち悪いぞ」

犬塚の指摘で、新太郎は自分がにやけていたことに気づく。慌ててその頬をパチパチとたたく。そして、ふと思うのだった。

植物のことを考えて庭や花壇をデザインしてきた経験はたくさんあるが、その庭で過ごす人の笑顔を想像しながら作ってきたことが、これまでにあっただろうか、と。たくさんのバラに囲まれて、笑顔でおしゃべりするヒューゴと理人。そんな光景を自分も見たいと思っていなかったか——。

ドッと心臓が跳ねる。

口元を押さえたのは、跳ねた心臓が飛び出そうな気がしたからだった。

（おれは、一体いつから）

かわいい、だきしめたい、まぶしい、やさしい、あたたかい。そんな気持ちを教えてくれた二人が、草花のことで一杯だった新太郎の心にいつのまにか住み着いていた。

かがんでいた上体を起こすと、山から吹き下ろす春風が額をなでていく。鉄製アーチの取り付け作業で汗をかいていた肌から、熱がスッと引いて心地いい。

軍手を外して、芝生でころころしている理人を見る。

興奮したのかまた尻尾がズボンから出ていて、転がるたびに白尾に芝が付着していく。それに気づき、ぷるぷると身体を振るが完全には取れない。今度は手で払おうとするも腕が短くて届かず、しばらく挑戦していたが、むくれて諦めた。

自分の顔がくしゃりと崩れていくのが分かる。かわいらしさと愛《いと》しさで、真顔が保てない。そういえば、いつかヒューゴがそんな表情を見せていた気がする。

目が合った理人が、こちらに向かって手を振る。

「しんたお、みてて～」

新太郎に背を向けて大股を開き、身体を折りたたんで脚の間から顔を出した。頭が重いため、そのままころりと前転してしまい、笑いを誘った。

また胸がきゅっと音を立てた。

(守ってあげたいな)

知らぬうちに、自分の中では大革命が起きていた。

植物と自分だけの世界でいいと思っていたはずなのに、こんな柔らかな気持ちを人に対して抱く日が来るなんて。新太郎は目尻の下がった顔を、犬塚にしばらくからかわれた。


その夜、子ども用枕を抱きしめた理人が、パジャマ姿で新太郎をじっと見上げていた。

「だめだよ、そんな目で見てもだめだからな！」

新太郎は腰に手を当てて首を振る。理人の隣室に寝泊まりしている新太郎の元に、理人が一緒に寝ようとやってきたのだ。

「おれのベッドは小さいし、使用人と一緒に寝るなんてだめだって。理人くんには自分の立派なベッドがあるんだから」

ナニーの美樹が部屋へ連れ戻そうとするが、じっと新太郎の部屋から動こうとしない。

「しんたおとねんねする！」と言って床に座り込んでしまった。

「困ったなあ……」

新太郎は医師の話を思い出していた。理人はオオカミなので「群れ」で行動したがる習性があり、それを実現してくれた新太郎を家族のように思っていること。家族に共寝を断られるのは苦しいだろうと思いつつも、それを受け入れ続けていたら、本当に自分が親役にならなければならない。

（おれは庭ができるまでの期間限定雇用だから、ずっとは一緒にいてあげられないのに）

自分の立場を思い出して、ちくりと胸が痛む。

「しんたお、みて、しんたお」

理人はそういいながら、あの「にぱっ」を何度もやって見せる。そのけなげさに完敗し、今日だけだぞ、とうなずいてしまう。理人はさっそく新太郎の袖を掴んで部屋の外へと連れ出した。

「ちょっと、どこに行くんだ」

連れて行かれたのは主寝室、つまりヒューゴの寝室だった。

「えっ、ちょっと待って、おれは勝手に入れないから――」

ノックもせずにドアを開くと、ベッドの上にホワイトタイガーがのっそりと横たわっていた。ヒューゴがいつの間にか帰宅していたようだ。

ヒューゴは自分の毛繕いをやめて口を開いた。

「やあ連れてきたね、理人ごくろうさま」

理人はその瞬間に子狼の姿に変化すると、そのままぴょんとベッドに飛び込んだ。

獣姿のヒューゴは理人の頭をざり、と舐めてこちらに視線を向けた。

「新太郎、枕は持ってきたかな？」

虎姿なので表情は分からないはずなのに、またヒューゴがにやりと笑っている気がした。

「も、持ってきてな――いや、そうじゃない。どういうことですか！」

問い詰める新太郎に理人が言った。

「いっしょにねんねしたいのぼく」

「ねー、理人は新太郎が大好きだものね」

二人で企んだことのようだった。ため息をついて新太郎は懇願した。

「勘弁してくださいよ……今朝だってロバートさんに怒られるんじゃないかとドキドキし

たんですよ、ボスのベッドで寝るなんてだめでしょう」

「私が許可していることを、なぜロバートが怒るの？」

「いえ、雇い主と使用人の線引きはしっかりと――」

「じゃあこうしよう、新太郎に私たちをブラッシングしてもらおう。お仕事として、ね」

そう言うと、ヒューゴは内線のボタンを器用に前足で押し、ブラッシングの道具をメイドに頼んだ。ボタンが大きかった理由がそこで分かる。虎の前足でも押しやすいようにしていたからだ。

猪毛《ちょもう》を使った大きなブラシを、白虎の背中にジャッ、ジャッと勢いよく滑らせていく。気分はスーパー銭湯《せんとう》の垢《あか》すりスタッフだ。

「うんうん、上手上手」

ヒューゴが新太郎のブラッシングを受けながら、気持ちがいいのか大きなあくびをした。グァオという唸り声がして一瞬ひるんでしまう。

「あのね、おれは、庭の、管理が、仕事で――」

ブラッシングのリズムに合わせて新太郎が抗議する。その奥で、先にブラッシングを終えた理人が、ヒューゴの長い髭《ひげ》に戯《たわむ》れて遊んでいる。

「残業と特別手当がつきます」

「べ、別にお金が欲しいわけじゃ」

と、言いつつブラシ運びが丁寧になってしまう。そのブラシを持つ手を、理人が追いかけたりじゃれついたりする。

「こらこら、理人」

ヒューゴが理人を自分の腹に移動させ、寝かしつけようと顔や身体を舐める。

「そういえば、理人くんの名前って誰がつけたんですか？」

密輸が発覚して保護されたのが生後数ヶ月のころ。乳児院――公表はしていないが実は獣人専用――で院長がつけてくれたのだという。

「いい名前だよね、リヒト」

「理《ことわり》という字ですよね」

理人はさすがに分からないようで、ふんふんと鼻を鳴らすだけだったが、ヒューゴが穏やかな声で教えてくれた。

「院長は日本人とドイツ人の間に生まれたゴリラ獣人なんだよね、だから彼のつける名前はいつもドイツ語でもあるんだ」

理人を見つめると、ヒューゴは問いかけた。

「リヒトってドイツ語で、なんという意味か知ってる？」

当然知らない理人はコテンと首をかしげる。

「『光』のことなんだ、これは覚えておきなさい」

「ひかり」

理人が不思議そうに復唱する。新太郎はヒューゴから、日本語で太陽を幼児にも分かる言葉でなんと言えばいいのか、と聞かれる。

「おひさま、かな」

オヒサマと一度復唱して、ヒューゴは理人に視線を戻した。

「光って、おひさまが照らしてくれる明かりのことだよ。理人はおひさまの子なんだ」

理人がその言葉をどれくらい理解できたかは分からない。ただ、彼のふわふわの尻尾が左右に揺れているのを見て、新太郎は思わず顔をほころばせるのだった。

理人が寝息を立て始めたころには、ヒューゴのブラッシングも完了した。体重二百四十キロの虎をブラッシングできる体験は、生きているうちにそうないだろうと、新太郎は疲れた自分に言い聞かせる。

「ありがとう、寝付くまでそばにいてくれて」

ヒューゴは礼を言うと、太い前足で新太郎をベッドに引き寄せた。もふっと胸元の柔らかな毛に顔を埋める体勢になる。自分が丹念《たんねん》に手入れしただけあって心地よい。理人が獣姿のヒューゴのそばにいると、すぐ寝入る理由がよく分かる。大きなものに守られ、包み込まれる安心感で、身体が溶けていくような心地になるのだ。

放してくれと抗議しようとすると、こんな声が虎の胸元から響いた。

「今夜もここで寝たらいいじゃないか」

「いえ、おれは使用人です。そういうわけには」

「そんなこと言いながら、顔がふにゃふにゃになってるよ」

あまりの心地よさに表情が緩み、言葉と矛盾しているようだ。

「理人が目を覚ましたとき、新太郎がいないとさみしがるよ」

ヒューゴは理人にそうするように、新太郎の頭の毛繕いを始める。昨日は抵抗したが、やはりそうされるのも嫌じゃないし、もう大きな口からのぞく牙も怖くない。むしろおそろしいのは、大切にされているような錯覚を起こしてしまうことだった。

「……庭がどんどん出来上がっていくね、毎日どこまで進んだのか気になって、帰ると覗いてしまうようになったよ」

「ご要望通りバラを多く配置します、来年には白バラのドーム型アーチが立派になると思いますよ」

「白バラか、私の好きな花だ。楽しみだな」

「おれがいなくなっても管理できるようにしておきますので――」

契約期間が一年なので、ドーム型アーチがしっかりと育つころには自分はいないと想定し、メンテナンスの難易度を下げておく必要があった。そのことを伝えるつもりで新太郎は口を開いたのだが――。

新太郎と理人を包み込むように寝そべっていた巨体の白虎は、前足に顔をどすっと置いて黙り込んだ。

「まだ先のことなんて分からないのに、いなくなった後のことなんて言わなくていいじゃないか」

すねた声音。不機嫌そうにパタ、パタ、と揺れる長い尻尾。獣姿のヒューゴは、人の姿のときより幼くて、顔に出ない代わりに感情を言動で表現することが多いように見えた。

こんなに大きくて美しい虎なのに、かわいく見えてくる。人の姿をしたヒューゴはまばゆすぎて、なぜだか日に日に直視しづらくなっているというのに――。

顔を上げると、視線がかち合った。思わず手を伸ばしてひよひよと動く髭に振れてしまう。頬あたりの被毛は一段と柔らかく、ずっと触っていたいほどの感触だった。ヒューゴもそれが心地よいのか、新太郎の手に顔をすり寄せる。

（サーカスの猛獣使いって、こんな気持ちなんだろうか）

ふわふわ、ほかほか、なのに気持ちをそわそわさせる。まるでちょうど今の季節のようなのだ、やってくる春に期待して、でも少し不安で――。

「獣の私なら、嫌じゃない？」

その質問の仕方が不思議だった。むしろ、獣の自分は恐ろしくないのか、と尋ねるところではないのか――。

しかし、眠気がピークに達していて、途切れ途切れでしか返事ができなくなっていた。

「怖くない……ですけど、別の怖さというか……」

「別の怖さ？」

「こんなふうに過ごしているせいで、理人くんと一緒におれも甘やかされてるような……勘違いをしそうで……」

なんでだろう怖いんです、と言い切ったあたりで、新太郎の意識は遠のいていく。その頭にヒューゴが顔を乗せて「もっと勘違いしていいのに」と言った。

（どういう意味だ）

問い返したいのに、ヒューゴのふわふわの被毛が新太郎を眠りへと引きずり込むのだった。

理人は一度言葉が出始めると習得が早かった。それに伴いどんどん表情も豊かになっていく。

朝食を出されたときにも、メイドに微笑んだ

「いつもごはんおいしい、ぼくだーいすち」

うまく「好き」が言えず舌っ足らずになるのもかわいらしい。蛇獣人のメイドが両手で頬を挟んで萌《も》えていた。

これまで腫《は》れ物に触るように接していた使用人たちが、理人のかわいらしさに傾倒《けいとう》していく様子は、さほど人間関係に興味のない新太郎でも目を瞠るものがあった。

「おれもこれくらい愛想がよければ、前の職場でこじれなかったんだろうけどな」

ぽつりと漏らすと、メイド長の倫子が背中をドンとたたいた。

「青葉くんが愛想がよかろうと悪かろうと、ちゃんと仕事をしてるのはみんなが知ってるんだから、気にしなくていいの」

「倫子さん……」

「理人さまが青葉くんになついた理由、あたしにも分かるわよ。人間嫌いといいつつ、なんでも命を大切にしているもの」

使用人たちの食事も作る倫子は、出てくる料理にきちんと手を合わせ、心を込めて「いただきます」と言って箸《はし》をつける新太郎に感心していたのだという。

「そんな人、優しいに決まってるでしょ。理人くんは大人を見る目があるわ」

「見られてたんですか、恥ずかしいな」

どうして照れるの、と笑われたが、嫌な気持ちにはならなかった。それが嘲笑《ちょうしょう》ではないと分かるからだ。

(色々イレギュラーだし変な体験も多いけど、おれ、ここでは認められているのかな)

「前の職場のことで自分を責める必要ないわ、環境が青葉くんに合ってなかっただけよ」

倫子のそんな慰めに、ふと、恩師である高木とのやりとりを思い出していた。

人間関係が原因で不登校になった中学生の新太郎に、高木は突然「種まきをしよう」と声をかけてきた。

まだ素直になれなかった新太郎は、口を尖らせたままついていく。授業に出席しないかわりに、高木の校内美化活動を手伝う約束になっているのだ。

製氷トレイにも似た育苗用トレイに、ビオラの種を蒔《ま》く。種が小さいので、湿らせた爪楊枝《つまようじ》で一粒ずつ種を取り、トレイのマスに並べていく、根気のいる作業だ。

たくさん芽を出せよ、と声をかけながら水をやるので、新太郎は生意気を言った。

「どうせ芽を出さないやつもいるよ」

おれみたいに、と心の中で付け加えて。〝だめな種〟もきっとあるのだ。高木はそれも否定しなかった。

「種を蒔く方はね、一部が発芽しないことは織り込み済みなんだ。野菜の種なんかは袋に発芽率がきっちり書かれているよ」

自分で言っておきながら、発芽できなかった種に自分を重ねてしまい「織り込み済み」という言葉にぐっと喉《のど》が詰まった。周囲の大人も自分をそんな目で見ているのだろうか、「毎年不登校が数人いるのは仕方ない」などと言われているのだろうか——と。

高木は新太郎の表情の変化に気づいたようだが、話を続けた。

「でも種を蒔く人はね、少しでも発芽率を上げようと頑張るんだ。適当に蒔いても芽は出ない。日向がいいのか日陰がいいのか、かぶせる土の量は、気温はどうか……その種に合った環境を用意するのは蒔く人の責任だ。種が悪いわけじゃない」

高木はそう言って、またトレイに種を並べ始める。「芽を出せよォ」と言いながら。どうしてそんな独り言を漏らすのか聞いてみると、こんな答えが。

「種に対して言ってたんだよ、言葉にしないと伝わらないことってあるだろう？　言っても無駄だって諦めるよりずっといい」

「恥ずかしくないの？」

「恥ずかしさよりも、この芽が一つでも多く育ってくれる方が僕は大事だからなあ」

この人には大事なものの優先順位がしっかりとあるのだな、と新太郎は思った。

種をトレイに並べる作業を再開すると、「蒔く人の責任」という言葉が頭から離れず、種の扱いが丁寧になっていた。


倫子に再び背中をたたかれて我に返った新太郎は、使用人たちに囲まれている理人を見て相好を崩した。

「理人くんの変化は、芽を出す環境がそろったってことなのかもしれないな」

それを聞いた倫子は、両手をぱんと合わせる。

「そういう意味では、青葉くんがうちに来てから変わった人がもう一人いるわね」

誰だろう、と思っていると庭から自分を呼ぶ声がした。

「おーい、準備できたよ。グラモガン侯爵がお待ちだよ」

ゴム長靴を履き、首にタオルを巻いたヒューゴが軍手をはめていた。まるで礼装の白手袋を着用する仕草で。その尊大な様子に、半ば諦めのような笑い声が出てしまう。

「ゴム長靴履いて庭仕事するのが好きなんて……変わった貴族なんですね」

「あれがヒューゴさまの初期設定だと思ってるのは、青葉くんだけよ」

どういう意味だと問い直そうとしたが、再びヒューゴに呼ばれたので叶わなかった。

今日は、設置したアーチの足下にバラの大苗を植えるという大仕事が待っている。人手は多い方が嬉しいので、たとえ雇い主であっても手伝いたいと言うのなら、しっかり使わせてもらう。

今日も理人に手伝わせるのは危ないので、あえて理人専用の〝仕事〟も用意した。これから花盛りのポットをたくさん用意し、理人の好きなように寄せ植えを作ってもらうのだ。

「理人くん、寄せ植えに決まりってないんだ。好きに作っていいし、理人くんらしさが出るから、自分の思うように選んで植えてくれる？」

二人でまずは一鉢作ってみた。

「この鉢なら、ポット七つ分くらい植えていいよ。少し根元をほぐして、間に土をこんな風に埋めてあげて――」

理人は嬉しそうに作業したあと、二鉢目からはナニーと一緒に作業を始めた。

ではバラに取りかかりますよ、とヒューゴを振り向く。

まずはバラの大苗を運ばなければならない。一輪車を使ってドタドタと苗を運ぶ。ヒューゴは力が強く、一度にたくさんの大苗を運んでくれる。

「肉体労働、向いてますね」

「光栄だな」

今回は各アーチのバラの色が少しずつ違うため、植える品種を間違えないようにしなければならない。苗に下がった花のラベルと色を確認しながら、アーチの足下に置いていく。

その間にヒューゴが植えるための穴をせっせと掘った。

そこに肥料を入れて大苗を植える。品種に間違いないかを再度確認しながら。

「ちょっとくらい間違えても文句は言わないよ」

そんなことを言うヒューゴに、新太郎はかみついた。

「文句言われないために確認してるわけじゃないです、理人くんとヒューゴさまに――」

喜んでもらおうと、と言いかけて「あっ」と口を塞いだ。

その手首を、軍手を外したヒューゴがすかさず掴む。

「理人と私に……なに？」

のぞき込んでくるヒューゴは、首にタオルを巻いた作業姿だというのに驚くほどまぶしい。新太郎は必死に首を振った。

（これを言ったら、きっと偉そうに「いい心がけじゃないか」ってからかわれるんだ）

「言って、新太郎」

　命令というより懇願に近い声音だった。低くて、少し甘いその声に抗《あらが》えなくなっていく。

「理人くんとヒューゴさまに、よ、喜んでもらえるかなと思っ……て……」

近づけられた顔を直視できず、視線をそらす。自分は何を言っているのだろう、と思いながら。

（……あれ、からかわれない）

ヒューゴからうんともすんとも反応がないので、ニヤニヤして自分を見下ろしているのだろうかとちらりと視線を戻す。そこには、思いも寄らない彼の姿があった。

右手にスコップを握りしめたヒューゴが、顔を真っ赤にして絶句していたのだ。そしていつのまにか人間の耳が消えていて、側頭部に虎の耳が生えている。

「き……君って人は……」

白い肌は頬の紅潮がよく目立つ。春といえどまだ肌寒いのに、額にじんわりと汗をかいていた。いつも自信たっぷりに引き上げられている口元が、今は横一文字に引き結ばれて、わなわなと震えている。

（なんで照れてるんだよ！）

新太郎もつられて顔が熱くなって、勝手に心拍数が上がっていく。それを振り切るように、指で自分の耳を指さしてヒューゴに伝えた。

「ヒューゴさま、で、出ちゃってます！」

驚いてヒューゴが顔の横を触り、人型の耳がないと分かると側頭部のふわふわの耳に振れる。

「――、――！」

狼狽《ろうばい》した様子で英語を口走るが、早口なので新太郎には聞き取れない。ヒューゴが目を閉じて大きく息を吐くと、耳も爪も人のそれに戻った。

「今のは君が悪いからね」

今度は日本語で、じろりとこちらをにらむ。その表情は責めているというより、すねているように見えた。

「意味が分かんないです」

新太郎も怒ってはいないが言い返す。視線が合うと、どちらともなく目笑した。

テラスのそばでナニーと寄せ植えを作っていた理人が声を張り上げる。

「ぱぱ、しんたお！　こっち見て！」

完成した二つの寄せ植えを披露したいようだ。ヒューゴと一緒に歩み寄る。

注目された理人は、ぴょこっと尻尾を出してパタパタと左右に振って解説を始める。

「これ、ぱぱ！」

パパと指さした長方形の鉢は、ローダンセマムやプレミアムビオラ、ミスキャンタスの白でそろえられ、グリーンも白い斑《まだら》のアイビーが植えられている。ヒューゴの髪や被毛をイメージして植えたのだろう。ゴージャスなのに統一感のある仕上がりになっていた。

ヒューゴが寄せ植えに顔を近づける。

「……これ、私のことを考えて作ってくれたの？」

理人が表情をこわばらせてうなずく。気に入らなかっただろうか、とドキドキしているようだが、突然ヒューゴに抱き上げられた。

「嬉しいよ！　理人から見ると、私はこんなに素敵なんだね。上手に植えられているよ、天才だ、ケンブリッジ大学にスキップグレードだ！」

後半の意味は伝わっていないが、褒められたのは分かるようで理人はにぱっと笑って尻尾を振る。「新太郎の分もあるの？」とヒューゴが尋ねると、理人は円型の鉢を指さした。

鉢の中央につぼみのチューリップが三本、タワーのように伸び、その足下には背丈の低いピンクのプリムラ・ジュリアンと青のロベリアが敷き詰められていた。チューリップのつぼみの先を見ると花弁は白のようだった。静かで優しげな色合いだった。

「わあ……すごいな」

新太郎は目を瞠った。自分がこれほど素敵に見えているとは思えないが、子どもながらに、大人の特徴やイメージをうまく表現していた。

「とっても素敵な寄せ植えだ……真ん中のチューリップもきれいに咲かせようね」

ヒューゴに抱かれていた理人が、こちらに手を伸ばすので迎え入れるポーズを取ると、リスザルのようにひょいと飛び移ってきた。新太郎の胸に顔を埋めた理人は、アイスブルーの大きな瞳で「うれしい？」と聞いてくる。

「今までで一番のプレゼントだよ、ありがとう」

新太郎の返事に、理人は土のついた顔をくしゃくしゃにして喜ぶ。

「ぼくもありがとうがうれしい、うれしい……」

ふっくらとした両手で、自分の赤くなったほっぺに触れる。爪の間にまで土が入り込んでいるので、かなり真剣に作業したようだ。

ナニーの美樹が困り顔で説明する。

「何度休憩しましょうと言っても、この二つが終わるまでやめないとおっしゃって」

この世に生まれてわずか三年の理人が、自分たちのために二時間近くも真剣に花を選んで植えてくれたのだと思うと、目頭が熱くなってくる。

（いじらしさに胸を打たれると涙が出てくるものなんだな）

新太郎は自分の涙に驚きつつ、目尻を指で拭った。

「では休憩しようか、お菓子と紅茶でもいただきながら、理人の寄せ植えをみんなに自慢しよう」

そう言うとヒューゴが理人を連れて屋敷の中へと入っていく。手を洗ってくるつもりらしい。新太郎も庭の手洗い台に向かうと、美樹に呼び止められた。

「ヒューゴさま、半獣化しちゃったの？　珍しいわね」

「ええ……おれたち庭の奥の方にいましたが、見えてましたか？」

「あ、違うの。ほら、私ウサギだから耳がいいの」

美樹は自分の耳を指さして、聴覚が優れていることをアピールする。しかし不思議だ、半獣化したような言葉を自分たちは言っていただろうか、と。新太郎の表情で察したナニーは、こう説明した。

「ヒューゴさまが英語でおっしゃってたわよ。『自覚のないまま半獣化するなんて初めてだ』って。お体の調子でも悪いのかな……」

先ほど口走っていた英語は、そういう意味だったのか。

「体調が悪いとそうなるんですか？」

獣人は大人になるにつれ、人間、半獣、獣の姿をほぼ自分で制御できるようになる、と美樹は教えてくれた。

「でもそれが出来ないときがあるの。体調がすごく悪いときと……精神が、その、乱れたときというか」

「精神が乱れる？」

「え、えっちな気分になったときよ！　もう言わせないでよ！」

美樹が新太郎の背中をバンとたたく。

ふと押し倒された夜の、ヒューゴの言葉を思い出した。

『獣人って性的興奮が伴うと、耳や尻尾が隠せなくなるんだ。だから基本的に人間とは交わることができない』

「あ！　そっか、そういえば聞いたことあるな」

「でもそんなときも普通自覚があるものなのよ。先ほどは半獣化の自覚がないっておっしゃってたので……」

「何か違うんですか？」

「さっき、青葉くんが理人くん抱っこして、目をうるうるさせてたじゃない？　あんな感じで、性的というより愛しいとか大好きとか、そんな感情があふれて、いつのまにか耳が出ちゃうってことがまれだけど起きるのよ」

心臓が耳元まで上がってきたかと思うほど、心音が大きくなる。

ヒューゴが半獣化したときの様子がよみがえる。

カラスウリのような赤い顔、じんわりと額に浮き出た汗、「今のは君が悪い」という言葉の真意――。

(だめだ、勘違いするな)

そう自分に言い聞かせても、心臓の早鐘は落ち着いてくれない。そんな新太郎の動揺にも気づかず、ナニーの美樹は顎に手を当てて考察している。

「でも、さっきはただバラを植えていただけなのよねえ……別に目の前に絶世の美女がいたわけでも――」

はた、と発言が止まる。目を見開いて、じっと新太郎を見つめる。

「ヒューゴさまの目の前にいたのは――」

「えっ」

突然の注目に、新太郎の声が裏返ってしまう。じっ……とこちらを見つめてくるので、慌てて両手を左右に振った。

「えっ、ちょっと、待って、何が言いたいんですか。違う違う」

「――違うって何……何が違うのか言ってごらんなさいよ」

なんだか圧《あつ》が強くなっていく。

正直自分にだって分からないというのに。いくつかの情報の断片が、ヒューゴは自分に好意を抱いているのではと勘違いさせようとするのだ。

そんなはずはないのに。

出会いだってヒューゴは全裸で最悪だったし、その後の自分の印象だって良くなかったし、興味本位に押し倒されたときは暴力を振るってしまったし、相手は貴族で自分は使用人だし——。

（そんなはずはないのに……おれ、なんで喜んでるんだ？　いや、そもそも喜ぶって何！）

抑えきれない感情が、胸の奥でポッポッとつぼみを膨らませていくのが分かる。

「あやしい……心臓の音が大きいし、すごく早い……これはあやしい……」

そう言うと新太郎の両腕を掴んで、胸元に耳を寄せた。

「わーっ、ちょっと勝手に心音聞こうとしないで！　耳が良すぎるのもやっかいだな！」

彼女を引き離そうと肩を掴んだところで、背後から声をかけられた。

「しんたお！」

振り向くと、ヒューゴに抱っこされた理人がテラスに降りてきていた。美樹が慌てて身体を離して「気づかず失礼しました」と頭を下げる。新太郎はあっけにとられて、両手を降参《こうさん》ポーズにしたまま固まってしまった。

（どうしよう、会話を聞かれちゃったんだろうか）

そう思うと恥ずかしくて顔がどんどん熱くなっていく。

「顔が赤いね、大丈夫？」

「だ、大丈夫です」

ヒューゴが声をかけてくれるが、妙に意識してしまって目を合わせることができない。

「……そう」

相づちを打ったヒューゴの声が、なぜかいつもより静かな気がした。


庭作業でかなり体力を使ったおかげか、理人はその夜、夜間担当のナニーの寝かしつけで数分もせずに就寝してしまった。そばにいた新太郎に「あしたもするよね、おはなするよね」と何度も確認しながら。昼間担当のナニーである美樹が終業して使用人居住棟に戻る直前、新太郎を廊下で呼び止めた。

「青葉くん、あの話、まだ終わってないからね」

「お、終わってください……」

夕食の前に犬塚に聞いたのだが、美樹はヒューゴのファンらしく、ヒューゴに色目を使う使用人を「推《お》しに近づく者、すべて焼き尽くさん」という勢いで責め立てるのだという。ナニーとしては一流だが、敵に回すと恐ろしい存在なのだ。

自室に戻るなり、ドアがノックされた。

「入ってもいい？」

そのヒューゴの声に、ベッドに腰掛けていた新太郎は「はいっ」という返事とともに立ち上がった。

部屋に入ってきた普段着姿――といっても上等な白シャツにスラックスなのだが――のヒューゴは浮かない顔をしていた。

「少し話せるかな」

どうぞ、と招き入れるがヒューゴの様子はおかしかった。いつもなら大股で当然のように入ってくるのだが、所在なさげに扉の入り口に立ちつくしているのだ。

「あの、どうかしましたか」

「どうか、というのは？」

質問を質問で返される。

「様子がいつもと違うので……」

「そうだね、ショックなことが起きてしまって」

理人のことだろうか、と新太郎は不安になる。聞きたい気もするが、使用人がそこまで雇い主の事情に踏み込むのもよくないだろうと「そうですか」という返事にとどめる。

新太郎の部屋には応接セットなどないので、ヒューゴに椅子を勧めて、自分は向かい合うようにベッドに腰掛けた。

「それでお話というのは」

ヒューゴは椅子に浅く腰掛け、膝に両肘を置いた体勢で手を組んだ。

「ナニーのミス美樹とは仲がいいの？」

へっ、と新太郎は声を上げる。

「仲がいい？　美樹さんと誰がですか？」

「君だよ、新太郎」

突然の質問に、新太郎は考え込んでしまう。

「いや、おれはそもそも人とあんまり上手くいかないので……あっ、でもこの屋敷のみなさんにはすごくよくしてもらってます」

「そういう意味じゃないよ、ミス美樹と君が特別な仲なのかを聞いてるんだ」

思わず眉根を寄せてしまった。突然何を言い出すのかと思えば。なんだか不快だった、自分はヒューゴのせいで赤くなったり青くなったりしているのに――。

「抱き合っているところを見せられちゃったからね、どうしても聞いておきたくて」

「抱き合う？」

「きょう抱き合ってたじゃないか、ミス美樹が君の胸に顔を寄せて」

テラスで美樹に詰め寄られていたときだ。彼女が心音を聞こうと顔を寄せてきた体勢を、抱き合っていると勘違いされたようだ。

「いや、あれは美樹さんが俺の心臓の音で確かめようと――」

「心臓の音で……何を確かめるというんだ？」

ヒューゴの声が一段と低くなる。

言えない。ヒューゴを勝手に意識してドキドキしていたのが、彼女にばれたなんて口が裂けても言えない。

下を向いて沈黙していると、重たいため息が聞こえてきた。

「……やっぱり、君とミス美樹はそういう――」

ヒューゴの沈んだ声に視線を上げて、新太郎はヒュッと息が止まりそうになった。目の前の彼が、両手で口鼻を塞いで苦しそうにしていた。

「嫌だな、どうしてこんな憂鬱《ゆううつ》な気持ちに……昼間はあんなに気分が良かったのに」

ドクドクと動悸が激しくなっていく。

人間不信の新太郎に恋愛経験は皆無だが、ヒューゴの昼間や今の様子を見る限りでは、まるで——。

そう思いかけて、自分に「だめだ勘違いするな」と言い聞かせる。相手は雇い主で、英国人で、貴族。文化も風習も違うのだ、自分の判断基準が通用しないのだ。

気を取り直して、その場の雰囲気をごまかすように笑って見せた。

「ヒューゴさま、それじゃまるで嫉妬しているみたいに見えますよ。ハハハ」

プライドの高いヒューゴのことだから「そんなわけがない」と怒って重苦しい雰囲気を吹き飛ばしてくれるに違いない——と思っていた。しかし、ヒューゴは二色の虹彩に輝く瞳を見開いて、世紀の大発見をしたかのような表情をしていた。

「ああ、そうか〝嫉妬《jealousy》〟なんだ」

「へ？」

ヒューゴの白くて大きな両手が、新太郎の右手を握る。地球のような色合いの瞳でまっすぐ見つめられると、心臓が口から飛び出そうになるほどドキドキする。

「私が近くにいながら、私ではない誰かに夢中な人なんて今までいなかったから気づかなかった。そうだ、だからこんなに嫌な気分だったのか」

長きにわたる悩みが解決したかのような表情で、ヒューゴが下からのぞき込むように顔を近づけてくる。

「……あの、ヒューゴさま？」

「君は悪い男だ、私をこんな気分にさせるなんて」

いつも見下ろしてくる人に見上げられると、内面を探られているような気分になる。顔が近づき、ああ、この人まつげまで白いのだなと感心している場合ではなかった。

新太郎は顔を離すために、身体を少し後ろに倒しながら誤解を解こうとした。

「そもそも、おれと美樹さんとは何の関係もありません。ただの同僚です」

しかし、ヒューゴに握られた右手を引かれ、後退を阻まれる
「ではどうして、君とミス美樹の距離が近かったの？　まさか、新太郎は他の人たちともあんなにくっついているの？」

「い、今のヒューゴさまのほうが近いですよ！」

それは失礼、と謝りながら、さらに距離を詰めてくる。

新太郎は自分に言い聞かせた。

（勘違いするな、勘違いするな。そうだ嫉妬っていっても、ナニーの美樹さんが好きで嫉妬してるかもしれないじゃないか）

「今日のヒューゴさま、変ですよ」

「変？」

「使用人の間柄を気にしたり、嫉妬したり。そ、そんなに美樹さんが気になるなら口説《くど》きに行けばいいじゃないですか」

新太郎のせりふに、ヒューゴは真顔になる。

「……この流れでそんな勘違いするの」

「だ、だって男女……ああでも虎とウサギだから種族が――ぶっ」

突然顔に枕を押しつけられた。驚いて枕を払うと、ヒューゴが立ち上がって真っ赤な顔をしていた。

「君は……君という人は……どこまで鈍感なんだ……！　植物のことばかり相手にしてるからそうなるんだよ！」

売り言葉に買い言葉、かっとなった新太郎が、押しつけられた枕を振りかぶってヒューゴに投げつけた。

「ヒューゴさまの方こそ、最近の行動、意味が分かりません！」

枕は見事ヒューゴの顔に命中する。

「きっ、君……私に枕を投げたな！」

「先に仕掛けたのはヒューゴさまですっ」

　三十二歳と二十五歳の枕投げが始まる。ぼふっ、と音を立てて頭に当たった枕を、新太郎は野球の打者のように振り回してヒューゴの尻をたたく。

「なんて反抗的な勤務態度だ！」

「今は勤務時間外ですッ」

　もう一発お見舞いしようと枕を振り上げた瞬間、新太郎は手首を捕まれたことに気づいた。目の前にはなぜか苦しそうな表情のヒューゴが迫っている。

「……っ、ヒューゴさま……」

　温室育ちの貴族だから枕でたたかれるのもショックだったのだろうかと、手首の力を緩めると、突然腰を引き寄せられてヒューゴの胸に顔を埋める体勢になった。

「君は私の心音も確認すべきだ」

　シャツ越しに伝わってくるドッドッドッという速い拍動と、微熱のような高い体温と、ふわりと香るジャスミンやシダーウッド――。

　全身の血液が顔に集中したかのように火照った
「ヒューゴさま……は、放してください」

　胸を押し返そうとするが、びくともしない。この腕力差からすると、先ほどの枕バトルもかなり手加減してくれていたようだ。

「……枕ぶつけてしまってごめん。こういう現象を日本語では『やつあたり』と言うんだよね」

背中に大きな手が回る。部屋着越しなのに掌も熱く感じた。

「君といると初めてのことばかりだ。それもこれも、君が私に興味がないのが悪いんだ」

低く甘い声が、頬が触れているヒューゴの胸元から直接脳に伝わってくる。

(おれだって初めてだよ)

家族ではない誰かと眠ったのも、人を喜ばせたいと思ったのも、こんなふうに抱きしめられるのだって。しかし、それを認めてしまったら、まるで——。

(こ、恋しているみたいじゃないか!)

種族、国籍、身分違い、そして男同士。

(なんだってこの人に……)

新太郎は上目遣いでちらりと見上げる。密着している身体から熱が伝わって、バターのように溶けてしまいそうだ。

「ホワイトタイガーの私は嫌いじゃないと言っていたよね。今は? 今の私はどう」

ドキドキして心臓がはじけ飛びそうだ、などと本当のことを言うつもりはなかった。

新太郎は大きく息を吐いて自分を落ち着かせる。

「いつも注目を浴びてるから、自分に感心のない人物が珍しくて気になっているだけです。おれは植物オタクだから興味がないだけで、あなたに問題があるわけではないので安心してください……もう放してくれませんか、雇い主と使用人の距離感じゃありません」

自分で言ったくせに胸がズキズキした。

そう、自分は使用人としての距離感を間違えているのだ——と。うまく冷ややかに伝えることができたと思う。これでヒューゴは引いてくれるだろうと思っていたが、想定外の誹《そし》りが返ってきた。

「なんて面倒な男なんだ君は」

「は？」

「そんな顔で『放して』なんてよく言えるね」

ユーゴの長い指が顎にかかり、壁鏡に視線を誘導される。

そこには、赤い顔で瞳を潤ませた自分がいた。冷ややかにできたのは声だけで、表情は全くそうは伝えていなかった。むしろ——。

（これじゃ『惚れてます』って言ってるようなもんじゃゃないか）

「放してください、これは至近距離に慣れてないだけです、イケメンと同じ空気を吸うと、誰だってこうなります」

慌てて身をよじるが、ヒューゴに押さえつけられる。

「……今すぐ君に、何かをしてほしいわけじゃないんだ。ただ、私の前で他の人とは仲良くしないでほしいし、夜は一緒に理人の寝かしつけに参加してほしいし、私はわがままを言うかもしれないけれど冷たくしないでほしい」

（注文が多いな）

そう思いつつ耳を傾けると、一呼吸置いて、より低い声が響いた。

「庭は持ち主の心、と言ったよね。ガーデナーとして君はいま、私の心を彩《いろど》ってくれている。それだけでいい気分なんだよ」

その言葉に、新太郎の胸がぎゅうっと絞られる。

ヒューゴや理人に喜んでもらいたい、という思いが一方通行ではなかったのだ。

「……いい庭にします。一年を通じて、ヒューゴさまや理人くん、屋敷のみんなの気持ちを明るくするような庭に」

「新太郎の存在自体が、私たち親子を明るくしてくれているよ」

私を邪険《じゃけん》にしないでね、絶対だよ、と念を押しながらヒューゴは自分の寝室に戻った。

（どうしよう、頭も心臓も爆発しそうだ）

ひとりになった部屋で、新太郎はベッドにうつ伏せになった。

もしかすると、自分が抱いている感情が一方通行ではないかもしれない――。そう思うだけで両手両足をバタバタとしてしまうほど、新太郎の脳内は高揚《こうよう》と混乱が渋滞していた。

【6】白バラを思い出に

新太郎が玄関の寄せ植えに水やりをしているときだった。一台の白いドイツ車が車寄せに停まる。

そこから降りてきたのは、ライトグレーのスーツに身を包んだ美丈夫《びじょうぶ》だった。

日本人だが頭身が高く、まるでモデルのようなスタイルだ。男性はアッシュブラウンの髪を揺らしながら、鞄を持った秘書を伴っていた。

玄関ではロバートがその男性を出迎える。

「お待ちしておりました、筧《かけい》さま」

筧と呼ばれたその美丈夫は、お久しぶりですと微笑む。中からヒューゴが出迎えた。

「岳人《がくと》！」

二人は握手をして微笑み合う。旧知の仲のようだが、そこからは会話が英語になったので新太郎には分からなかった。理人と水やりを手伝っていたナニーの美樹によると、ヒューゴが信頼しているコンサルティング会社の社長で、オックスフォード大学時代の友人なのだという。二人は仕事の話をするのか応接間に入っていった。

新太郎は庭の作業を再開する。きょうはグリーンを植えたり、オーナメントを飾ったりする作業なので理人も一緒だ。

庭の中央にもともと設置されていた小ぶりな噴水は、改造して中央にバードバスを設置済みだ。水が絶えず流れるので、そこで小鳥たちが水浴びをしてくれるようにしたい。今日はそのそばにアンティークの餌台《えさだい》も置いた。餌台には小鳥の飾りがついている。

「これなあに」

餌台を指さす理人に、新太郎が説明する。

「小さな鳥が遊びに来てくれるよう、この台に鳥のごはんを置くんだよ」

それを聞いた理人が目をキラキラと輝かせる。

「とりさん、なにたべるの？　チョコ？」

「チョコは無理だな。みかんとひまわりの種を置いてみようか」

新太郎はあらかじめ用意していた鳥の餌を理人に渡し、彼を抱えて餌台に置かせる。すぐは来てくれないよ、と言っても、理人はしゃがんでじっと餌台を見つめている。そんな様子も微笑ましい。新太郎はそばでグリーンを植えた。

理人が待ちくたびれたころ、庭に低い男性の声がした。

ヒューゴがコンサルティング会社の社長を庭に案内しているようだ。会話の内容は英語なので分からないが。

「ぱぱ」

理人がヒューゴに駆け寄って、両手を伸ばして抱っこをせがむ。ヒューゴはそれを叶えてやると、日本語でこう言った。

「岳人、理人は英語が分からないから日本語で」

岳人と呼ばれた社長がうなずく。ヒューゴも驚くほどの美形だが、このコンサルティング会社の社長も、彼と並んで遜色《そんしょく》ない容姿だった。十メートルほど離れたところで庭作業をしながら盗み見る。

「庭を造り直してるんだな、いい判断だ。前の庭はひどかった」

岳人の親しげな口調に二人の親密度をあらためて知る。岳人という人物は、相手が貴族だろうが遠慮はしないらしい。ヒューゴもくすくすと笑って聞き返す。

「新太郎にも言われたよ、そんなにひどく見えた？」

「ああ、見栄っ張りをアピールしたような庭だったからな。ウエストミッドランドに自生する野草のほうがよほどましだ」

新太郎はスプリンクラーを調整しながら聞き耳を立てて、そうだそうだと心の中でうなずく。ウエストミッドランドの野草も気になるが。ヒューゴは「華やかでいいと思ったけどなあ」と頭をかく。

「ところで新太郎とは誰だ」

岳人が尋ねるので、新太郎はのっそりと立ち上がって頭を下げた。ヒューゴが微笑みかけて手を振る。

「私のガーデナーだよ。理人もなついているから世話をしてくれてるんだ」

「……人間じゃないか、ヒューゴの――いやグローブス家の使用人は身分が保証された獣人のみだったんじゃなかったのか？」

岳人が、信じられないといった顔で新太郎を見る。

「彼は植物に精通していてね、私の庭を任せてみたいと思ったんだよ。契約で守秘義務の項目はきっちりと整備してる」

そんな会話をするということは、岳人も獣人なのだろう。一体何獣人なのかと気になっていると、察したヒューゴが「ライオンだよ」と教えてくれた。

(虎とライオンが話してるのか……二強対決みたいだな)

「しかしヒューゴがホッキョクオオカミの子を引き取った話は聞いていたが、こんなに立派な〝パパ〟をしているとは思わなかった。てっきりナニーに預けっぱなしなのかと」

ヒューゴを信頼しきって身体を預ける理人の様子に、岳人が感心している。

「私も想像していなかったよ、こんな暮らし。理人の笑顔ひとつで屋敷が華やいで、みんなが幸せな気分をもらうんだ。子どもって、もっとシステマティックに育つものだと思ってたんだけど」

「分かるよ、俺も思っていた」

岳人にも遠戚から引き取った四歳の息子がいるのだという。

「君と同じく真っ白な子ライオンだよ、今度一緒に遊ぼうか」

岳人が理人に手を出すと、にぱっと笑顔で返事をした。岳人が満面の笑みを浮かべると、ヒューゴがからかった。

「君も立派なパパの顔をしてるよ。意外だな、大学時代なんかにこりともしないから鉄仮面なんて呼ばれていたのに」

「誰にでも笑顔と愛情を振りまくお前とは違うんだよ。特定の――いや家族だけでいい」

家族のことを思い浮かべたのか、柔和《にゅうわ》な表情になる。奥さんと子どものことがとても大切なのだろうな、と新太郎は少しうらやましくなった。そして、ちくりと引っかかったのが、ヒューゴに向けた「誰にでも笑顔と愛情を振りまく」という言葉だった。

（誰にでも――じゃあ昨夜のやりとりは？　嫉妬だというあの言葉は？）

新太郎がもやもやと考え込んでいるうちに、ヒューゴが弁明する。

「私たち貴族は立場上、私情で行動してはならないことがたくさんあるんだよ」

「はいはい、自己満足のノブレスオブリージュ、立派立派」

「相変わらずの口の悪さだ、元気そうで何よりだよ」

嫌みの応酬のように聞こえるが険悪ではない。この二人独特のコミュニケーションのようだ。

「じゃあ報告書は近日中にチームから送らせるよ」

岳人は仕事の連絡を挟んで暇を告げる。

「カケイコンサルティングのおかげで、今回の事業は本当に助かったよ」

先日オープンしたリゾート事業を頼んでいたようだ。岳人は首を振る。

「こちらこそ学んだよ。多種族雇用の理念とノウハウは日本には定着していないが、俺は広めていくべきだと思っている」

車寄せまで岳人を見送るヒューゴと理人に、なぜか新太郎も手を引かれて同伴させられた。白いドイツ車の後部座席に乗り込んだ岳人がパワーウィンドウを開く。

「言いそびれていたんだが、俺のパートナーも人間なんだ」

その言葉にヒューゴは「へえ」と興味深そうに返事をしたが、新太郎はヒュッと喉を鳴らした。

俺のパートナー〝も〟と言ったのだ。

「いえ、おれは違います、そ、そういう関係じゃなくて使用人ですから」

顔の前で懸命に手を振る新太郎の姿に、ヒューゴが面白くなさそうな声を出す。

「一緒に寝てるけどね」

「本当に眠っただけじゃないですか！　しかも虎の姿で！」

ヒューゴに抱かれた理人が「ぼくも、ぼくも、しんたおとねんねしてる」と威勢良く片手を上げた。

「変だな。〝愛も笑顔も万人に等しく〟〝特定の恋人を作らない〟という主義を貫《つらぬ》いて女に散々泣かれていたヒューゴが『私のガーデナー』なんて牽制《けんせい》する姿を初めて見たから、てっきり――」

私の、という部分のゆっくりと発音してそう言い捨てると、岳人は目だけで笑ってウィンドウを閉める。

発言の意図が理解できず、首をかしげながら高級ドイツ車を見送るとヒューゴを振り返った。

「どういう意味だったんでしょうかね、今の」

そのヒューゴは、目元を押さえて反対方向を向いていた。

「こちらを見ないで」

耳が真っ赤だった。そこで初めて、新太郎は岳人が言い残した台詞の意味を理解する。つられて顔が熱くなっていく。

「岳人は相変わらず意地悪だな。私は、君の前ではスマートでいられない呪《のろ》いにかかっている気がするよ……」

一度意味を理解してしまうと、どう反応していいか分からず「そう、です、かね」と途切れ途切れの返事をするしかなかった。

その夜、新太郎はロバートに呼ばれて使用人居住棟にいた。差し出されたのは英語で書かれた数枚の手紙だった。

「デイビッド・トンプソン氏から、あなたの紹介状に対するお返事です。外国人の弟子はこれまで受け入れたことがないので不安がある、と――」

英国で有名なバラ育種家の名を聞いて、新太郎ははっとする。

この屋敷の契約従業員になる交換条件が、彼への弟子入りについて紹介状を書いてもらうことだったのだ。毎日めまぐるしくて、頭から抜け落ちていた。

「まだ時間はありますので、お手紙で説得します。青葉さんも英会話には困らないようしっかり学びましょうね」

もし最終的に断られたとしても、他の育種家を紹介できる――というロバートの言葉を脳内で反芻しながら、新太郎は母屋に戻った。

トンプソンからいい返事がもらえなかったことも残念だったが、もっと衝撃的だったのは、そのことが自分にとっての重要事項からこぼれ落ちていたことだった。

（雇い主に満足してもらえる庭を用意して、バラの育種家に弟子入りすることが最大の目的だったはずなのに……）

浮かぶのはヒューゴと理人の喜ぶ顔。自分の夢がいつの間にか押しやられていたのだった。同時にヒューゴと出会った日に、庭の完成について交わした会話を思い出す。

『君に任せよう。私が帰国する一ヶ月後までにどこまでできる？』

あの日からすでに二週間が経過している。この暮らしが一年続くような錯覚に陥っていたが、彼らはもう半月後にはイギリスに帰ってしまうのだ。

胸に錐《きり》でもねじ込まれたような痛みが走った。今の環境が、自分にとってかけがえのないものになっていたことを思い知らされるのだった。

母屋に戻り自室に向かっていると、廊下の奥からひそひそ話が聞こえてくる。この低くて甘い声はヒューゴだ。廊下の角から顔を出してのぞき込むと、しゃがみ込んでいるヒューゴの背中が見えた。その向かいには理人もいる。

「――ね、なるべくさみしそうに言うんだよ。『いっしょにねよう』って、新太郎の目をじっと見てね、こう、まくらをぎゅっと抱きしめてね」

「あい、あい」

ヒューゴの指導に、理人が理解しているのかしていないのか分からないが、勇ましく相づちを打つ。

「よし、成功を祈る。私は部屋で待ってるから、手を引いて新太郎を連れてくるんだぞ。嘘泣きもオーケーだ」

ヒューゴにトンと背中を押された理人は「うそなち、おーけー」と言って駆け出し、新太郎の自室をノックして入っていった。ヒューゴはぐっと拳を握って、自室に戻るべく振り返る。その二メートルほど先で新太郎が腕を組んで仁王立ちしている姿を見た瞬間、彼はフリーズしてしまった。

「誰を、どこに、連れてくるんですか?」

新太郎に問われたヒューゴは、ヒュッと喉を鳴らして顔色が悪くなっていく。

「い、いつから……」

「『なるべくさみしそうに』からです」

わあ序盤だ、と漏らしながらヒューゴは目を泳がせた。新太郎の部屋のドアが再び開き、出てきた理人が駆け寄ってくる。

「おへやいないよ――あっ！　しんたお！」

枕を投げ捨てて、ぴょんと跳ねた瞬間、理人は子狼の姿になった。そのまま新太郎の胸に飛び込んでくる。

「しんたお、いっしょに……？　うそなちしよ！」

自分が何と言うべきだったかを忘れてしまったようで、ヒューゴの指示がごちゃごちゃになった台詞を口にする。

新太郎はその愛らしさにヒューゴを問い詰めるのを忘れて、くすくすと笑ってしまった。おかしいというよりは、愛しさが胸からあふれたような感覚だった。

「一緒に寝る？」

自分からそう向けてみると、尻尾をパタパタと振って顔を舐めてくれた。

「じゃあそうしよう、理人くんの部屋で」

新太郎はそう言いながら冷ややかな視線をヒューゴに送る。

「私の部屋の方がベッドが広いよ」

「大丈夫です、おれと理人くん二人なら十分です」

慌てるヒューゴにそっけなく対応するが、実のところ、これほど彼を意識している状態で一緒に就寝することなどできない――と必死だった。

しかし、理人はそんなことつゆ知らず「みんなで、むれでねんねする」と、三人で固まって寝たがった。

「そうだよね、理人もそうだよね。ほら新太郎、理人がこう言ってるよ」

心強い味方を得たヒューゴが、子狼姿の理人を新太郎の腕からひょいと抱き上げる。そのまま主寝室に向かおうとするので、たまらず新太郎は引き留めた。

「待ってください」

「ん？　自分の枕を持ってくる？」

調子のいいことに、三人で寝ることは確定らしい。新太郎は一杯一杯になって、ヒューゴの腕を引き寄せてかがませた。あまり理人に聞かれないような小声で、こう伝えるのが精一杯だった。

「主寝室では眠れません、心臓がバクバクするので……勘弁してもらえませんか」

ヒューゴが身体を傾けた体勢のまま固まった。じわりと彼の耳が赤くなっていく。

「それは私が嫌いというわけじゃ……ないよね？」

その問いに、新太郎は沈黙した。しかし、これだけ顔が熱くなって汗をかいているのだから、ばれていないわけがない。

（あれだけ好意を匂わされたら、意識しないわけがないだろ）

すると突然、目の前でヒューゴが来ていたシャツを脱いだ。身体から白地に黒い縞模様の被毛が浮き出て、一瞬で白虎の姿になってしまった。

「ヒューゴさま？」

「この姿ならいいだろう？」

ヒューゴは鼻先で理人のお尻を押しながら、四足歩行でのしのしと主寝室に向かう。

（獣の姿なら……ドキドキしないよなきっと）

自室で寝支度を整えた新太郎は、自分の枕を小脇に抱えて主寝室に向かった。そこでは大小のもふもふとした白い獣が、すでに就寝の体勢でじゃれ合っていた。その光景だけで心がほっこりと温まる。理人がひょっこりと顔を上げた。

「しんたお、こっち」

三人で他愛もない会話をしているうちに、理人は規則正しい寝息を立て始める。

「……眠りましたね」

「寝付きのいい子だ」

ヒューゴとそんな会話をしていると、まるで本当の家族のような錯覚さえ抱いてしまう。

「……先ほどのことだけど」

先ほど、とはおそらく新太郎が「心臓がバクバクするので」と打ち明けたことだ。

「本当にそんなに心臓が反応するのか、試してみてもいい？」

白虎の目が細められ、ゆっくりと身体が縮んでいく。人間に戻ろうとしているのだ。戻ったら裸になってしまうので、新太郎は顔を手で塞いだ。

「わっ、ちょっと待って、心の準備が――」

「準備してたら試しにならないじゃないか、もう目を開けて大丈夫だよ」

指の間から覗くと、下半身だけ寝間着を穿いたヒューゴ――人の姿になっている――が横たわり、子狼姿のまま寝ている理人を撫でていた。

ベッドで理人の両側に横たわっている体勢は、先ほどの獣姿のときと変わらないのだが、新太郎の心拍は全く違っていた。

頬にヒューゴの人差し指が触れる。

「急に赤くなった」

だから言ったじゃないか、と返そうとする前に、ヒューゴが微笑んで「私もだろうけど」と言った。確かに頬が赤く染まっている。

「嬉しいな」

どうして嬉しいのか、とヒューゴに尋ねるほど鈍感ではない。

これが「恋」とか「愛」とかいう感情かは分からないが、自分たちが互いを意識していることは間違いないのだ。

そこからは、何もしゃべらなかった。

時計の秒針が進む音と、理人の寝息と、自分の早い心拍しか聞こえない。ただ目の前にある、二色の虹彩を抱いたヒューゴの瞳に吸い込まれそうになっているだけ。

（どうして、この人に見つめられると動けなくなるんだろう）

人に不信感を募らせ、恋人どころか親友もいたことのない自分が、なぜこの人には惹き寄せられてしまうのだろう――。バクバクと鳴り止まない心臓付近を手で押さえた。

ギシ、とベッドが沈む音がする。ヒューゴが半身を起こしたのだ。横臥位《おうがい》で向かい合っている新太郎をしばらく見下ろすと、顔を寄せる。いつもはペラペラとうるさいのに、なぜか今は一言も発しない。

新太郎の黒髪にヒューゴの長い指が触れる。梳くように頭皮《とうひ》を撫でられ、思わず肩をすくめてしまった。

明るさを落とした照明を背にしている半裸のヒューゴは、シルエットを光に縁取られたように見えて神々《こうごう》しい。

「……どうして何も話さないんですか」

雰囲気に耐えきれず口を開いたが、ヒューゴは自分の唇に人差し指を当てて「しー」と黙るよう促した。そして、ささやく。

「大きな声を出すと理人が起きてしまうよ」

いたずらっ子のように笑ったヒューゴのせいで、心拍がさらに上昇した気がする。

目の前が暗くなる。ヒューゴが顔を近づけたのだ。

ヒューゴの指が新太郎の唇に触れるのと同時に、さらりと白い前髪が落ちてきて鼻先をなでた。

「あ、あの」

新太郎の唇を、ヒューゴの人差し指がなぞる。声はないものの、彼の口が「しー」と動いた。その指が離れた瞬間、こんなささやきが聞こえる。

「今度は拒まないでね」

直後、指よりもっと柔らかいものが新太郎の唇に触れた。柔らかくて、少しひんやりしていて、そして甘い香りがする。

ヒューゴに唇を塞がれているのだと気づいたのは、数秒経過してからだった。

「ん……っ」

（これ、キスだ）

新太郎の人生で二度目のキスだった。

（キスの相手は同じなのに）

初めてのときと大きく違うのは、新太郎の反応だった。

食《は》まれた唇からしびれ薬でも流し込まれたように身体が動かない。激しく跳ねる心臓と、背中を走るぞくりとした熱がそうさせているのか。

（どうしよう、嫌じゃない。むしろ――）

頬をなでてくるヒューゴの指を、きゅっと握る。

（どうしよう、嬉しいなんて）

ゆっくりと口を開けた。キスの仕方など映画やエッチな動画でしか知らないのに。口が勝手にヒューゴを迎え入れようとしているのだ。

ヒューゴの唇が一瞬戸惑ったように動きが止まるが、すかさず熱を帯びた舌がぬるりと入り込んでくる。

思わず声が出そうになるが、理人を起こすまいと耐えるうちに、ふっ、ふっ、とため息のように呼吸が漏れてしまう。

（違う、違う、初めてのときと全然違う――）

それは自分の感じ方だけではなく、ヒューゴのキスの仕方が全く違ったのだ。

このベッドに「人間としてみたかった」と押し倒されたときのキスは、自信に満ちていて、欲望を唾液《だえき》と一緒に流し込むようなキスだった。

しかし、今はどうだ。彼の舌先は機嫌を取るようにうごめいている。顎裏をくすぐったり、舌の付け根を舐め上げるようになぞったり――。新太郎が返してくるのを待っているように思えるのだ。

キスが嫌ではないのか、嫌ではない程度なのか、それとももっとむさぼっていいのか――。その選択を委ねられている気がした。

戸惑いを抱えている自分の背中を押したのは、ヒューゴの帰国までの日数だった。

（あと二週間、あと二週間しかいられないんだ）

「ふ……、んっ」

くちゅ、と絡められたヒューゴの舌を、新太郎はチュと唇で吸った。我ながら思い切ったと思う。そうするくらいしか自分にはキスで応じる技術と経験がないのだ。

ヒューゴの目が見開いたかと思うと、大きな手が両頬を包む。「ここからが本当のキスだ」と伝える合図でもあった。

互いの唇をむさぼるようなキスをしているうちに、唇にちくりと牙が当たる。うっすらと目を開けながら唇を離すと、ヒューゴの側頭部には白い虎の耳が生えていた。

性的興奮が高まると半獣の姿になってしまう、という獣人の特性を思い出す。

「これ以上はしないから……お願い、怖がらないで」

そう言うと、また唇を重ねてくる。

じわりじわりと熱を注ぎ込まれるような、優しいキスだ。新太郎はその唇や舌を追いかけたり迎え入れたりするので精一杯だった。

ヒューゴと理人が二週間後にはイギリスに帰国するという事実が、胸をちくりちくりと刺すほどに、ヒューゴの唇を甘く感じるのだった。


翌日、新太郎と理人が目を覚ましたときには、すでにヒューゴはベッドにいなかった。ベッドサイドに簡単な英語でメモが残されていることに気づく。

『おはよう、東京の千代田区で仕事があるので先に行きます』

子狼の身体をぷるぷると震わせて、人の形に戻っていく理人が「なんてよむの」と聞いてくるので説明すると「おとなはまいにち、おしごとするのねえ」と感心されてしまった。

騒がしくなったのは、朝食後、庭作業に着手したばかりのときだった。

「お引き取りください、ポートマン伯爵！」

屋内から執事の声が響く。なんとなく聞き覚えのある肩書きに、新太郎は立ち上がった。すぐ横では理人がミミズを木の切れ端でつついている。

『ヒューゴ！』

屋敷で声を張り上げているのは、あのカクテルパーティー主催者のアレックス・ドラクロアだった。タキシードではないが、今日も黒ずくめの装いだった。

「あの人……何しに来たんだ」

理人を彼と会わせるべきでないと判断し、ナニーの美樹に理人を使用人居住棟に連れて行くよう頼む。二人が庭から姿を消すのと同時に、庭にアレックスが出てきて英語で叫んでいた。

『ヒューゴ、どこだ！』

アレックスがこちらに近付いてくる。新太郎は深呼吸をすると、植えていたアルケミラモリスの苗をそっと置いて立ち上がった。

「君は……」

アレックスが新太郎に気づき、憎悪を煮詰めたような表情を浮かべる。

「この屋敷のガーデナーです。ロバートさんも言ったと思いますが、ヒューゴさまは不在です、この庭は作業中ですので勝手に踏み入らないでください」

新太郎の精一杯のにらみを歯牙にもかけず、アレックスは日本語で話しかけてくる。

「やあ、ミスター・プランツマン。パーティーでは素晴らしいスピーチをありがとう」

くっと喉を鳴らし、視線を新太郎に頭からつま先まで移動させた。

「そうか、君はヒューゴの使用人だったのか。タキシードより似合っているよ、労働者の装いが」

「ありがとうございます、お帰りはあちらです」

新太郎は慇懃無礼《いんぎんぶれい》に庭の出口を手のひらで示す。かっとなったアレックスの手が、新太郎に伸びる。

「失礼な、使用人が――」

その手が新太郎の肩を掴んだ瞬間、動きが止まった。アレックスは、すん、と鼻で息を吸って、品のない笑みをじわりと浮かべた。

「……そういうことか、君はヒューゴのお相手なんだな」

「……っ！　な、なにを突然」

「君からヒューゴの匂いがする」

　イヌ科ほどではないが、黒豹獣人であるアレックスも人間よりは嗅覚《きゅうかく》が優れているのだと説明する。

「つかの間の恋人ごっこに付き合わされているのか、かわいそうに」

　つかの間の、という言葉がじわりと毒のように広がっていく。確かに、あと二週間でヒューゴは帰国してしまうのだが――。

　アレックスは、眉の太い整った顔に満面の笑みを浮かべて、新太郎の背中をなぐさめるようにたたいた。

「いや、そんな、おれはそもそもそんな関係じゃ……」

「じゃあ傷つかないね、彼がモナコ公・ジャン三世の孫娘と結婚が決まっていても」

　鉛が流されたように足がすくんだ。

「あれ、聞いていないのか？　もしかして君、だまされているんじゃない？」

　ヒューゴが特定の恋人を作らない理由が、モナコ公国との縁談のためだとすれば筋が通る。聞いてもいないのに、アレックスがペラペラと解説を始める。

「モナコ公国のロイヤルファミリーは、ホワイトタイガー獣人なんだ。この意味、分かるよね？」

　ヒューゴと同じ種族だ。

（そうか、同種族が少ないから――）

うつむいている新太郎を、アレックスが嬉しそうにのぞき込む。

「どうしたの、顔色を悪くして。ただの使用人なんだよな？」

新太郎はアレックスを突き飛ばした。

「うるさいな、あんたに関係ないだろ！　おれはあのパーティーでの理人くんへの仕打ち、許してないからな！」

想像以上に強く突き飛ばされたのか、アレックスがよろめく。

「なぜ君が血もつながっていない子獣人のことで熱くなるんだよ、あの野良犬の母親面でもしてヒューゴに取り入ろうとしているのか？」

「うるさい、理人くんを侮辱するな！　帰れ！」

「言われなくても帰るよ、せいぜいその可愛い童顔をヒューゴになでなでしてもらうんだな、彼が結婚するまでは」

彼の言葉の一つ一つが、氷の槍になって胸を貫いていく。

フットマンの犬塚が現れて「ヒューゴさまがご在宅のときにいらしてくださいませ」と半ば強引にアレックスを敷地から追い出した。発進した車のエンジン音が遠のいたのを確認すると、ふう、と大きく息を吐いた。

戻ってきた犬塚に新太郎は聞いてみた。

「なんだったんだ、あの剣幕」

犬塚の説明によると、ヒューゴの経営するホテルが、アレックスのジュエリーブランド『Alex&Son』のテナント契約をすべて打ち切ったのだそうだ。

アレックスが怒鳴り込んでくるのも無理はない。ヒューゴのホテルに旗艦店《きかんてん》を置けるというだけでブランド価値が上がるため、今回の打ち切りはブランド側にとっては致命的な痛手なのだ。

「ヒューゴさま、かなり強引にやったらしいぞ」

そういえば、パーティーの翌日に険しい表情でオンライン会議をしていた気がする。このためだったのかもしれない。新太郎はパーティーの会場で意趣返《いしゅがえ》しをしたが、ヒューゴはその何千倍ものリベンジをしてくれていたのだ。

胸がすっきりとするのと同時に、さきほどアレックスに言われたことがじくじくと胸をえぐる。話の流れで、犬塚に思い切って尋ねた。

「ヒューゴさま、モナコ公の孫娘と結婚……するのか?」

「ああ、代々グローブス家とモナコ公国の一族はホワイトタイガー獣人で希少種だから、血を途絶えさせないために結婚させる習わしらしいぞ。ヒューゴさまのおばあさまも、当時のモナコ公の血縁とご結婚されてご家庭を築いたそうだ」

　そうか、と小さくうなずいた新太郎の頭を犬塚がなでる。理由が分からず、不思議な顔をして彼を見上げると、犬塚は少し悲しそうに笑った。

「忘れたか？　俺は犬だぞ」

　この屋敷で一番鼻の利く犬獣人だ、「イヌ科ほどではない」と言っていたアレックスが気づいたのに、犬塚が新太郎についたヒューゴの匂いを察知しないわけがないのだ。

　そこで否定したり、赤くなったりする心境には至らなかった。ただ、ただ、苦しくて、ショックで身体が冷えていく。

　新太郎はうつむいて、こみ上げてきた涙を袖で拭った。

「誰にも……言わないでくれ。おれもまだ整理できてないんだ」

　この同僚が悪いやつではないと分かっているから頼めることだった。

　犬塚は「ああ」と小さく返事をして、新太郎の頭をぐしゃぐしゃとなで回す。これが彼なりのなぐさめ方らしい。乱暴な手つきが、少しありがたかった。

「でも一つだけ言わせてもらうと、お前がこの屋敷に来てからヒューゴさま、変だよ」

「変……？」

「いつも天上人《てんじょうびと》みたいに冷静で完璧な振るまいなのに、最近すごく〝ふつうの男〟みたいなんだ。怒ったり、声を上げて笑ったり、うろたえたり」

　確かに、新太郎が知っているのは後者のヒューゴだ。

「この屋敷のみんな驚いてるし、きっと本国の使用人たちだって絶句すると思うよ。お前はすごいやつだよ。落ち込まなくていいかもしれないぞ」

　何がすごいのか分からないが、新太郎は彼のなぐさめだと素直に受け取って、鼻をすすった。ちょうどそのタイミングで、使用人居住棟に隠れていた理人が「しんたおーっ」と駆けてくるのが見えた。


　その夜、アレックスの訪問の報告を受けたヒューゴは、ロバートや新太郎たちに謝罪した。

「申し訳なかったね、まさかこちらに来るとは思わなかったよ」

　新太郎は首を振りつつ、質問する。

「本当にホテルからアレックスさんのジュエリーブランドを追い出すんですか？」

　ネクタイを緩めて微笑むヒューゴから、もちろん、と返ってくる。

「個人的にはざまあみろと思ってますが、ビジネスに私情を挟んでいいんですかね……」

　新太郎、と呼ばれて顔を上げると、自信に満ちた声でヒューゴはこう言った。

「私が『GO《ゴー》』と言えば、そうなるんだよ。それが私のビジネスだ」

　想像以上にビジネスでは辣腕《らつわん》を振るっているようだった。

「びじですだ」

ソファで絵本を読んでいた理人が突然ヒューゴの口調を真似て、きりっとした顔をして見せる。その場にいた大人たちの顔がほころぶ。

「かっこいいじゃないか理人、私のまねをしてるの？」

理人は大きくうなずいて、また険しい顔をする。

「しんたお、ぼくとねんねしなさい」

「あ！　今のヒューゴさまっぽいな」

新太郎は手をたたいて評価するが、ヒューゴは「私そんな言い方してる？」と仏頂面《ぶっちょうづら》を浮かべ、またみんなで大笑いした。

そんな賑《にぎ》わいの中でも、新太郎の頭の片隅ではグレー混じりのモヤがかかっていた。

膨らんでいく親愛の情。親子に許された滞在期間。ヒューゴの婚約者の存在。

（整理がつかない、苦しい）

人間とうまくいかなくて悩んだことは多々経験してきたが、人を大事に思うがゆえに苦しむこともあるなんて知らなかった。

「浮かない顔を、しているね」

その夜は理人の部屋で、虎の姿をしたヒューゴと一緒に寝かしつけた。理人が夢の世界に旅立つと、ヒューゴは獣姿を解いていく。

（またキスするんだろうか）

トクトクと期待で心臓が高鳴るのを自覚する。一方で、これ以上親密になると別れがつらいのも分かっていた。ぎゅっと目を閉じて念じていると「眠たい？」と優しい声が振ってくる。

「いえ……そういうわけじゃ」

「ではひとつ尋ねてもいい？　ドーム型アーチに白バラを植えてくれたと言ったよね？　なぜ白バラを選んだ？」

新太郎は素直に打ち明ける。

自分の師匠が育種した半つる性の品種で、アーチにしたりそのまま植えたりと汎用性《はんようせい》が高いこと、病気に強く素人でも管理がしやすいこと、そしてその白バラにヒューゴがどことなく似ていること――。

「色鮮やかなバラに比べると地味になるから、と前のガーデンデザイナーは白バラを使わなかったんだ。君はどうして植えたのかなと気になって……なるほど、うれしいな」

ここからは思い出話になるがいいか、と新太郎に承諾を求めた上で、ヒューゴは自身の幼い頃を振り返る。

両親が事業で忙しく飛び回っていたヒューゴにとって、身近な家族は祖母だった。

「祖母の庭にはたくさん白バラが咲いていて、私も好きになったんだ」

一緒に庭で過ごしているときに、よく祖母が言っていたのだという。

――庭は持ち主の心だ、と。

「君のおかげで豊かになっていく庭を見ると、祖母の教えやかけてもらった言葉が次々と蘇《よみがえ》るんだ。私が祖母にそうしてもらったように、理人にも寂しい思いをさせないようにがんばらないと、と思うようになった」

ヒューゴは枕から顔をずらして、ちらりと新太郎に視線を寄越す。

「君のおかげだ」

そんなことはない、という意味で首を振るが、ヒューゴの手が伸びてきて新太郎の手を捉えた。

「さらに君が私を思って白バラを庭の主役に選んでくれるなんて、こんなにうれしいことはない」

人差し指から小指までの四本の指がするりと組まれる。ヒューゴの親指が探るように手のひらの生命線をなぞっていく。それだけなのに、触れられたところからじわりと熱くなり、通電したかと錯覚するほどぴりぴりと甘い痺《しび》れが伝わっていく。

こういう仕草の意味も、今なら分かる。

誘われている、と。

あと二週間でイギリスへ帰ってしまう人、あちらで同族の婚約者が待っている人――そう自分に言い聞かせるが、心臓は言うことを聞いてくれない。いや、心臓ではなかった。

(おれの本心だ)

新太郎は身体をゆっくり起こし、ヒューゴの耳元に顔を寄せた。

「おれの部屋に来ませんか」

瞠目したヒューゴが「いいの」と念を押す。声は静かだが、その目は獣らしい獰猛《どうもう》な光を宿している。

新太郎がうなずいた瞬間、かみつくようなキスが振ってくる。

「ん……っ」

キスの合間の息継ぎに、ヒューゴが吐息混じりに漏らす。

「行こう、すぐに」

理人を起こさないように、こっそりとベッドを降りると、腰にするりと何かが巻き付く。白い尾だった。顔を見上げると、耳も人の形から獣のそれに変化している。彼のスイッチが入った証拠だった。

新太郎は耳にヒューゴのキスを受けながら、隣室に移動する。入るなり、すぐに抱え上げられベッドに組み敷かれた。

「このベッド、新太郎の匂いがする」

「おれが寝てるから当然ですよ」

あきれたように笑う新太郎に、ヒューゴは真剣なまなざしを送った。

「ここまできて言うのも雰囲気を壊してしまうけれど、本当にいいの？　雇い主である私を気遣って仕方なく受け入れようとしているなら、おとなしくこの部屋を出て行くよ」

自分を組み敷く美しい半獣は、そうは言うものの「出て行く」のくだりで耳を後ろに倒してさみしげな表情を浮かべる。新太郎は声を振り絞った。

「おれが、望んで、こうしています……たくさん生意気を言ったり反論したりしたけど」

新太郎はスウェットを脱いで上半身を空気に晒すと、ヒューゴの首に腕を回した。

「おれは使用人だし、あなたと理人くんがイギリスに帰ることも分かってます……でも」

身の程知らずの思いを伝える恐怖で、勝手に声が震える。

しかし、泉のようにあふれるこの感情に気づかないふりをするのは、もうやめたい。名前をつけたくて仕方がない。ヒューゴが真剣な表情で発言の続きに耳を傾ける。

「人を大切に思うせいで悩んだり泣いたりするの、初めてで……全部あなたのせいです、伝えずにはいられない」

新太郎は手をヒューゴの首の後ろで組む。

彼らの帰国がなければ、伝えずとも浅く長く満たされていたのかもしれない。しかし別れがやってくる、ヒューゴには未来の妻が、そして理人にとっては未来の母がいる——ことを知ってしまえば、新太郎に残された選択肢は二つしかないのだ。

思考を停止させて何事もなかったように使用人に徹するか、本心を打ち明けて残り二週間、いや今夜を最初で最後の恋にするか——。

この一言を口にするために、脳の血液は何周巡っただろうか。

ぎゅ、とつばを飲み込んで声を絞り出す。

「好きです」

選んだのは後者だった。

「変ですよね。ネモフィラを踏まれたあの日、ヒューゴさまのことが大嫌いだったのに」

「——いや」

ヒューゴは新太郎の唇を指で封じる。

「私は予感めいたものがあった。君は私がまったくコントロールできない人物だった。そんな人、今まで初めてで気になって仕方なかった」

ヒューゴが身体を沈めて、新太郎にずしりとのしかかる。

「今度は、自分がコントロールできなくなった。感情も、ときにこの半獣の姿も。実はこっそり本国のカウンセラーに相談もした。そしたらなんと言われたと思う？」

童貞《どうてい》の初恋みたいですね、と冷ややかにオンライン通話を打ち切られたという。

新太郎は耐えきれず肩を震わせて笑ってしまった。〝九千億の結婚したい男〟が童貞に例えられるなんて。

ヒューゴは笑ったな、とすねた声で新太郎の耳たぶに甘く牙を立てた。

「あ……」

「私に君をくれる？」

ヒューゴが耳元でささやいた声に、脳幹まで痺れてしまう。新太郎は何度もうなずいて、ヒューゴの背中に手を回した。お返しのように頬を擦り付けられ、大きな手が新太郎の脇腹をなぞる。

新太郎は自分の目尻から涙が落ちていくのを感じながら、口を開いた。

「あげます……むしろ、ください……今夜だけでも、おれに思い出をください……！」

新太郎の身体をなでていた手がぴたりと止まる。

「……今夜だけ？　思い出？」

身体を起こして、新太郎に問いかける。ヒューゴの顔から表情が消える。

「何を言ってるの」

「……だってあと二週間で帰国じゃないですか。だから――」

大きな手が新太郎の顔を包み込む。

「新太郎も一緒に来たらいいじゃないか、何不自由なく生活できるよ」

「無茶言わないでください、おれはこの屋敷の庭を完成させる責任があるし、育種家の弟子入りだって色よい返事をもらえていないし、もらえたとしても語学をマスターしてからでないと行けません」

だから今夜だけでいいんです、と新太郎はヒューゴを見つめ返す。

本当は、見たくないだけだ。イギリスについて行って、彼が同族の獣人女性と結婚する様子を見たくないのだ。

しかしそれを言ったところで、ヒューゴが自分のために婚約破棄するなど考えられないし、してはならない。希少種ホワイトタイガー一族のことを考えると、自分は邪魔者にしかならないのだ。

ふと、恩師の高木の顔が浮かぶ。

『好きだった人の名前を付けたんだ、未練がましいけれど』

婚約者がいた彼女と駆け落ちをしようとしたが叶わなかった、と話していた高木の横顔だ。高木は白バラに女性の名をつけ、思い出とともに大切に生き、そして静かにその生涯を終えた。

（おれもそうしよう。白バラの思い出とともに生きよう）

喉の奥が焼け付くように熱くなり、視界はふやけていく。目の前のヒューゴがどんな顔をしているかも把握できないほどに。

「新太郎、どうして」

「やはり男のおれではだめですか、でも人間としてみたいって言ってたじゃないですか」

「あれは撤回するよ、人間としたいから君とこうしているわけじゃない。新太郎だからしたいんだ……でも嫌だ。これが最後になるなら、私はしたくない」

ヒューゴは身体を起こしてベッドに腰掛けると、すぐに立ち上がった。部屋から出て行く気だ。

「ヒューゴさま！」

新太郎は駆け寄って後ろから抱きついた。

「逃げるんですか」

「逃げてない、ここで終わりにしたくないだけだ。なぜ君が勝手に結論を出して――」

「ヒューゴさまには決まった相手がいるじゃないですか！」

売り言葉に買い言葉で、本音が漏れてしまう。

ヒューゴの歩みが止まり、ゆっくり振り向いた。

「……まさかモナコ公国のことを？」

沈黙したが、肯定と受け止められたようだ。

「あれは古いならわしで、祖母の時代のように強制力なんてないし、決まった相手がいなければ見合いをする程度の話なんだ。それを周りが勝手に――」

「それでも、おれは、あなたはその結婚を選ぶと思います」

「いや、誰かに思い入れもなかったから、そうしてもいいとは思っていたよ。でも今の私には新太郎が――」

懸命に説明するヒューゴの言葉を遮ったのは、かつてヒューゴが放った台詞だった。

「〝貴族は領地のおかげで今の暮らしがある。だからこそ果たさないといけない責任がある〟って理人くんに言ってたじゃないですか。あなたには、一族の血を絶やさないという責任があるんじゃないんですか」

今度はヒューゴが沈黙した。新太郎はヒューゴの手を取って、その指先に口づけた。

「だから今夜だけでいいんです。おれのお願い……聞いてくれませんかヒューゴさま」

「私は、私が思うよりずっと幼稚《ようち》のようなんだ。今夜、君が私を生涯忘れないようなことをするかもしれない」

「いいんです、それで」

くしゃりと顔を崩して笑うと、ヒューゴが肩を強く握った。

「……獣を見くびると痛い目に遭うぞ、紳士ごっこは終わりだ」

身体が勢いよく抱き抱えられ、二人でベッドに倒れ込んだ。

身体を這う舌に、媚薬でも塗られたかのように、舐られた部分が熱くなる。

首筋、鎖骨、肩、脇腹——。そして時折、腹いせをするようにちくりと牙が立てられる。

「ん……っ、ん」

ヒューゴの舌は新太郎の胸に到達すると、胸の飾りを避けるようにくるくると踊り、突然がぶりと噛みつかれた。

「ひっ、あああっ」

ヒューゴは胸の果実を甘噛みしながら、こちらに視線を向けてくる。とても苦しそうな表情だった。

「だめだ。優しくしたいのにできない、できないんだ……どうして新太郎……どうして」

悲しみを思い切りぶつけてくるような愛撫だ、と新太郎は思った。自分を責めるようにも、境遇を恨んでいるようにも見える。

「私は最低だ。こんなに胸が苦しいのに、新太郎を目の前にすると獣の欲が制御できなくなる」

今度は鎖骨を咬まれた。今までの甘噛みと違って、牙が肌にめり込む。

「ああっ」

激痛も受け入れた。刺激も痛みも、今ヒューゴから与えられる感覚は、新太郎にとっては大切な瞬間なのだ。

「……だめだ、このままでは君をかみ殺してしまう」

腹に水滴が落ちる。身体をゆっくり離したヒューゴは、宝石のような涙をこぼしていた。

「大げさです、おれは大丈夫ですから」

そう伝えてもヒューゴは戻ってきてくれなかった。バスローブに袖を通しながら、さみしそうに笑った。

「それが、君と私の気持ちの温度差なんだ」

ヒューゴが出て行った扉が、静かに閉まる。新太郎は鎖骨の咬み跡を指でなぞった。

(こんな傷だけの思い出……治ったら消えてしまうじゃないか)

ライトグレーのシーツに、涙が落ちて水玉模様を作っていった。

【7】新太郎、大好き

ヒューゴが鎖骨に咬み跡を残して夜以降、彼が自分を見るたびにつらそうな表情をするので、新太郎はなるべく接触を避けて過ごした。

ヒューゴが在宅の際は庭作業に没頭《ぼっとう》し、ヒューゴが理人とコミュニケーションを取る時間は使用人居住棟のリビングで過ごし、理人の就寝の時間に合わせて母屋に戻った。

白バラにかつての恋人を重ねて大切に育てていた恩師のように、自分もこの庭で思い出を育てようと思っていた。

思っていた——はずなのに、ヒューゴに似ている白バラはまだ植えていない。

この半つる性の「エマ」をアーチに沿わせてドーム型にするだけでなく、レンガの小道脇に植えて〝白バラの道〟を作る計画なのに、その大苗に触れることができないでいた。

（思い出をくださいなんて言っておいて、おれが全然思い出にできてないじゃないか）

鼻がツンとして、自嘲気味に苗を見つめる。その視界に理人がひょっこりと顔を出した。

「しんたお、ないてる」

その指摘を否定するが、理人は譲らなかった。

「ないてるにおいしてる」

狼の嗅覚はそこまで鋭いのか、と驚いてしまう。

帰宅したヒューゴがテラスから理人を呼んだ。新太郎はきゅっと口を引き結んで、作業中だとアピールするようにしゃがみ込んだ。最近はそうすれば察してくれるのだが、今日はヒューゴが声をかけてきた。

「新太郎も来てくれないか、話があるんだ」

リビングで理人が新太郎の膝によじ登り、自分の椅子かのように腰掛ける。それほどなつかれたことが嬉しかったが、今はむしろ胸が苦しい。

ヒューゴは静かな口調で言った。

「理人、君は四日後に私とイギリスに帰ることになる」

「かえる？」

「日本に来るときも飛行機に乗ったろう？　また飛行機に乗ってイギリスに帰るんだよ」

「しんたおも？」

理人はそう言って新太郎を振り返る。

「新太郎は来ない」

　その言葉に、理人の動きが止まる。

「新太郎は、このおうちで庭を造り続ける。しばらくお別れだ」

　理人が新太郎を振り返る。

「しんたお？　ひこうち、こわいの？」

「怖いんじゃないんだ」

「いっしょに、いっしょに」

「だめなんだ、行けないんだよ」

「やだ、いっしょに！　おわかれしない」

　理人が新太郎の腹に顔をこすりつける。必死に訴える姿に、胸が引き裂かれそうになり、目の奥が熱くなる。

（理人くんの家族にはなれないんだ、素敵な新しいお母さんがイギリスで待ってるんだ）

「しんたお、しんたお、みて。おねがいねっ、ねっ」

　理人が涙目で、にぱっにぱっと必死に笑って見せる。彼の切り札だ。小さな身体で、懸命に親愛を伝えてくる。

　両手を伸ばして、その身体を力一杯抱きしめた。

「ごめん、理人くん。ごめんね」

「ごめんだめぇ、いっしょに……！」

わああああ、と声を上げて泣きわめく。向かいに座るヒューゴが眉根を寄せてうつむいた。

「理人くんがパパと日本に遊びに来たときに、立派な庭で迎えられるように頑張るから」

再び強く抱きしめた。

「しんたお、しんたお」

三歳ながら、別れを理解した理人は、目玉が溶けてしまいそうなほど泣いて、そのまま眠ってしまった。ヒューゴが寝室に連れて行くために抱き上げた。

「つらい役割をさせてしまってすまない、君のいないところで理人に告げても本人が納得しないだろうと思って」

「……こんなに泣かせてしまって」

新太郎はぐし、と袖で自分の目元を拭う。ヒューゴから差し出されたハンカチは断ろうとしたが、押しつけられた。

「私の指はもう君の涙を拭う資格はないかもしれないけど、ハンカチくらいは役割をまっとうさせて」

受け取った水色のシルクハンカチは、ベルガモットやジャスミンを交えたウッディな香りがする。香りは記憶を呼び覚ます。彼と口づけた、いくつかの夜のことも。

二人の姿が寝室に消えると、新太郎はこっそりとそのハンカチをポケットにしまった。

その翌朝、まるでこの三週間が巻き戻されたように理人から表情が消え、言葉を発しなくなったのだった。


使用人たちは主がイギリスに帰国する準備で慌ただしくしていたが、庭管理の新太郎はいつものペースで作業をした。

「私も最後に手伝ってもいいかな」

出発前日の夕方になってカジュアルな装いのヒューゴが、理人と手をつないで庭に姿を現した。理人は無表情のままうつむいている。自分のせいだと思うとやるせない。

「では、一緒に白バラを植えませんか」

手をつけられないでいた白バラ「エマ」の大苗を指さし、小道の脇に並べて植えた。

三人で二時間ほどかけて大苗を植えた。植えたバラの根元にわらを散らし、たっぷりと水をやりながら新太郎は無理に微笑んだ。

「おかげで立派なお庭ができそうだよ、ありがとう理人くん」

理人はこくりとうなずいた。そして ゆっくりと口を開いたのだった。

「あれ、いわないの」

ようやく言葉を発してくれたことに安堵しながら、新太郎は理人の言う「あれ」が何のことか分からなかった。

「おはなにおしゃべり」

無表情のままの理人が、そう付け加えたことで、この屋敷に雇われたばかりの頃の彼とのやりとりを思い出していた。

大きくなれよ、とバラに話しかけた理由を新太郎が、こう説明したのだ。

『花や木が相手でも、大切なことは言葉にしないと伝わらないんだ』

胸部がツキと痛んだ。なんだろうと胸元をさすってみるが、特に異常はないようだ。気を取り直してしゃがみ込み、理人に視線を合わせた。

「じゃあ一緒に水をあげながら、話しかけようか」

理人はこくりとうなずく。新太郎は園芸用のじょうろで、理人はお風呂遊び用のゾウのじょうろで、バラの大苗の根元に水をかける。

「大きくなれ、大きくなれ、ついでに理人くんもどんどん大きくなれ」

理人ははっとして新太郎を見上げると、目を赤くしてバラに視線を戻した。

「だいすち……しんたお、だいすち……」

蚊の鳴くような声で言いながらじょうろを傾けた。理人の透明な涙がぼたりぼたりと落ちて彼の服を濡らしていく。新太郎は理人の肩を抱いて、さらさらの髪に頬を寄せた。涙で視界がぼやける。

「このバラ、白い花が咲くんだ。理人くんやヒューゴさまと同じ色。二人が日本に遊びに来たときに満開の白いバラでお迎えできるよう、きれいに咲かせるから。大切に育てて、咲かせるから……」

もしかするとそのとき、契約期間が決まっている自分はいないかもしれない。それでも花たちがヒューゴと理人を迎え入れてくれるはずだ。

（さようなら、おれも大好きだよ）

その光景を、ヒューゴは少し離れたところから黙って見つめていた。


ヒューゴたちは、正午発のチャーター機に乗るため、早めの朝食を終えると空港に向かう車に乗り込んだ。

車寄せには使用人たちが集まって、みんな鼻をすすったり目を潤ませたりして別れを告げている。特にナニーたちは理人と離れがたいようで、人相《にんそう》が変わってしまうほど泣きはらした目をしていた。

新太郎はその使用人のひとりとして、二人を見送った。

「しんたお！」

理人が車の窓から手を伸ばす。使用人に徹しようとしたが、思わずその手を握ってしまう。顔を近づけて伝えた。

「大好きだよ、理人くんも、ヒューゴさまも」

理人にしか聞こえない、掠れた声で。それを聞いた理人は目を丸くして、新太郎をじっと見つめる。

ゆっくりとウィンドウが閉まり切ってしまう直前、わずかな隙間で目が合ってしまった。ブラウンとブルーの、地球のような二色の虹彩を持つ瞳と。それが一瞬すっと細められたことに気づいた。

ヒューゴのあの瞳は、何か意味があったのだろうか――。

小さくなっていく車を見送ると、ロバートの合図で使用人たちが解散し始めた。どことなくしんみりとした雰囲気だった。この屋敷ではまた主人のいない生活が始まるのだ。

まもなく電話が鳴り、応対したロバートが慌てて新太郎に声をかけた。

「どうしたんですか、ヒューゴさまが忘れ物でも？」

「いえ、違うんです。デイビッド・トンプソン氏が」

以前、弟子入りについて色よい返事をもらえなかった、イギリスの育種家だ。

「あなたをぜひ弟子に迎えたいと――」

新太郎はスコップを手からぽとりと落としてしまった。

ロバートによると、外国人を弟子に迎えることを心配していたトンプソン氏に、現地時間の今朝、一通の手紙が届いたという。

ヒューゴからだった。

直筆の手紙には、弟子入りを希望している青葉新太郎という青年が、いかに植物に精通した人物かが丁寧に綴られていたという。そして語学力についても屋敷で契約している間、専門の講師もつけてトレーニングさせる、という約束が記されていた。

トンプソンはまさかイギリスでも最も有名な貴族であるヒューゴから、手書きの手紙をもらうとは思っていなかったようで、その熱意に押され、新太郎を受け入れることにしたのだという。

ヒューゴがしたためた手紙には、こうも綴られていた。

『青葉新太郎氏は誰よりも緑を愛し、命を慈《いっく》しむ素晴らしい青年です。彼の庭が広がっていくにつれ、私たち家族は絆《きずな》を強く結ぶことができました。〝ホーム〟を日本語では〝家の庭〟と書くのだそうです。まさに彼は私たちの家庭を豊かにしてくれたのです。きっとあなたの期待通りに成長し、立派な育種家として活躍すると確信しています』

横で聞いていたヒューゴさまが、メイド長の倫子が瞠目している。

「あのヒューゴさまが、そんなことを」

「お優しい……方ですね……」

新太郎は目を赤くしながら、落としたスコップを拾う。その背中を倫子がたたいた。

「何言ってるの。ヒューゴさまは貴族として万人に平等な方だからこそ、誰かひとりを特別扱いなんかしないのよ。こんなこと、あなたにしかしないのよ！」

後ろで蛇獣人のメイドがしらけた顔をしていた。

「新太郎って冷たいわよね、さっきもヒューゴさまからすっごい愛情表現されてたのにしらんぷりして」

何のことだ、と返すとメイドが驚いていた。

「気づいてないの？　ネコ科が目を細めるのって『大好き』って意味じゃない」

ドク、ドク、と心臓が跳ね回る。

気づかないに決まってるだろ、と言い返そうとして、はたと口をつぐむ。

（言葉にしてはいけないと分かっていたからこそ、そうしていたのか）

壁の時計を見ると、午前九時二十分だった。

（いや、おれは何を考えているんだ）

しかし、心の中ではヒューゴと理人の名を何度も呼んでいた。

（会いたい、一目だけでも――そして伝えたい）

もう一度時計を見た。軽井沢高原から成田《なりた》空港まで、車でおよそ二時間半。ヒューゴたちの離陸は正午。間に合うか間に合わないかを考えている暇はなかった。

「あの、すみません、突然、具合悪くなっちゃって、その――」

ロバートがそうでしょうそうでしょう、とうなずいた。

「ぜひ今日は作業を休んで病院へ行ってください。いい医師がいるので私が送りましょう。成田空港の近くなんですが」

そう言ってロバートが運転席に、新太郎が助手席に乗り込んだのは、跳ね馬のエンブレムをあしらったオレンジ色のスポーツカーだった。戦闘機にでも乗っているかのように襲いかかる加速時の重力に、新太郎が情けない声を上げる。

「こ、こんな車、どうして運転できるんですかぁぁああ」

執事姿のロバートが前を向いたままシフトチェンジし、口の端を引き上げた。

「私の運転免許証、ゴールドですので」

絶対違う、と言い返そうとしたが加速に耐えきれず舌を噛む。

「そういえば、この跳ね馬の自動車メーカーの創業者は馬獣人なのですよ」

うんちくを披露しながらアクセルを踏み込まれたスポーツカーは、高速の路面に吸い付くような車高で、唸《うな》りを上げて車の間をすり抜けていった。

+　+　+

ＶＩＰだけが使用を許される成田国際空港の貴賓室《きひんしつ》で、ヒューゴたちは出発までの時間を過ごす。出入国管理担当者が出国印を押したヒューゴと理人のパスポートを持参し、同伴したフットマンの犬塚に渡した。

「搭乗まで二十分ほどです」

ヒューゴに、犬塚が声をかける。犬塚は現地まで同伴し、イギリスの従者に引き継ぐ役割なのだ。

「ありがとう。理人、飲み物のおかわりはいらない？」

気遣うが、理人はずっと下を向いて座っているだけだ。

「……理人、仕方がないんだ。そんなに落ち込まないで。ほら私なんかもう元気だ」

「うそ」

昨日のバラへの水やり以降、再びだんまりだった理人が言い返す。

「ぱぱのにおい、いちばんかなしい」

ヒューゴは乾いた笑いで返すが、心中では子どもの鋭さに感心していた。大人の事情は理解できないだろうが、思い切って本音を伝えてみる。

「だって仕方ないよ、嫌がる新太郎を無理矢理連れて行く訳にはいかないだろう？」

「ぱぱが、がんばりなさい」

新太郎いわくヒューゴそっくりの口調で、理人がにらんでくる。

「頑張ったよ、でもだめだったんだ」

犬塚が「お時間です」と二人を搭乗に促すが、理人はソファにしがみついて離れない。

「理人、いいかげんに――」

ヒューゴが抱えようとした瞬間、理人がぴくりと身体を震わせた。

くんくん、と鼻をひくつかせて、花が咲いたような笑顔で叫んだ。

「しんたお！　しんたおだ！　こっちにくる！」

ヒューゴの手を振り払って、ソファの上でぴょこぴょこと飛び跳ねる。ヒューゴはため息をついて諌めた。

「こら、うそはいけないよ、うそじゃないよ！　しんたおのにおいだよ」

いい加減にしないか、と叱咤《しった》しようとした矢先、犬塚が「うわ」と声を上げた。

「本当だ……ヒューゴさま、新太郎の匂いがします！　追いかけてきたのかな」

カシャと、テーブルに置いていた飲みかけのシャンパングラスを倒してしまった。

（まさか）

そんな都合のいい話がある訳がない、と言い聞かせヒューゴは理人に向き直る。

「理人、もし新太郎が来ていたとしても出発の時間なんだ。あきらめなさい」

理人はぶんぶんと首を振って、顔を寄せていたヒューゴの頬を両手でバチンと挟んだ。

そんな狼藉《ろうぜき》を働かれるのは、ベッドに引き込んだ新太郎に殴られて以来だ。

「いっぱい、おおちくなれっていうと、おはがなさくの！　しんたおがいってた。ぱぱは？　しんたおにいっぱい『だいすち』いった？」

さほど痛みはないはずなのに、理人にはたかれた頬がびりびりと痺れる。

（言っただろうか。伝えたつもりで、伝え切れていなかったのではないだろうか）

ヒューゴは自問する。

そう、自分は新太郎に愛を求めるばかりで、新太郎に愛を注いだだろうか。態度だけでなく、言葉にして新太郎に真摯に思いを伝えただろうか。

これまで恵まれた経済力や容姿のおかげで、その努力が必要がなかっただけで、それが当たり前ではなかったのだ。

（新太郎、私はまだ君に全然伝え切れていない）

ヒューゴは立ち上がって、犬塚を振り返る。

「帰国はキャンセルだ」

顔をくしゃくしゃにした犬塚が、涙声で「イエス、マイロード」と答える。

同時に目の前で理人が子狼の姿になって走り出した。

「こっち！　しんたお、こっち！」

鼻をクンクンと動かしながら駆けだした。獣姿のほうが獣人としての能力が研ぎ澄まされることを、理人も本能的に知っていた。

貴賓室を飛び出る子狼とヒューゴに、スタッフたちがあっけに取られている。

獣姿で足の速い理人を、ヒューゴは必死になって追った。

ジャケットからハンカチーフが落ちても、整えていた髪がぼさぼさになっても、ロビーの客たちから好奇の目を向けられても、なりふり構っていられない。

本能が脚を動かしてくれる。

品のある貴族然としている余裕など、みじんもなかった。

＋　＋　＋

成田国際空港出発ロビーのインフォメーションで、新太郎は懸命にヒューゴたちの居場所を尋ねていた。

「申し訳ありません、セキュリティ上、貴賓室の場所などはお答えできないことになっておりまして……」

「そんな、お願いします。一目会うだけでいいんです！」

食らいつく新太郎に、インフォメーションスタッフが冷笑を返す。

「そのようなお客様が非常に多いので」

追っかけと思われたようだ。

（いや、追っかけてきたのは本当なんだけど）

インフォメーションスタッフが連絡したのか、空港の警備員が近づいて威嚇《いかく》してくる。

「君、いい加減にしないか」

そのときだった。しんたお、と理人の声がしたような気がした。

警備員を無視して、あたりを見回すが子どもらしい人影はない。理人のような白髪白人の子どもなら、なおさら目立つはずなのに。

今度は、新太郎、と低い男性の声が聞こえる。イントネーションが母国語っぽくないし、声質もヒューゴのような気がするが、それはないな、と新太郎は警備員に向き直った。

（だって、ヒューゴさまがこんなに取り乱したような声を出すわけない）

脳内に飼っている想像のヒューゴが「私が取り乱す？　そんな不覚を取るわけないじゃないか」と笑っている。

「君、ちょっとこちらに来なさい。業務妨害だぞ」

厳《いか》つい警備員が食い下がる新太郎の腕を掴んだ瞬間、その大声はロビーにこだました。

「新太郎！」

まさか――。しかし、やはり彼の声だ。

おそるおそる振り向く。

各便の出発時刻や行き先が記されたフライトボードの真下を、頭身の高い白人男性が駆けてくる。〝結婚したい九千億の男〟と呼ばれた英国貴族が、髪を振り乱して、息を切らして、一心不乱に。

「新太郎ッ、新太郎ーッ！」

「ヒューゴさま……！」

人であふれかえる空港のロビーで、大声を出すヒューゴに視線が集まる。それなのにヒューゴは気にした様子もなく、虎のくせにイノシシのように一直線に走ってくる。その足下には、なんと子狼姿の理人がいた。

ぐんとスピードを上げ、ヒューゴに差をつけた理人は、数メートル手前から新太郎の胸に向かって飛びかかる。

「わっ、理人くん！」

そこに覆い被さるように、必死な形相のヒューゴが抱きついてきた。

二人の胸の間に挟み込まれた理人が「ぎうぇ」と苦しげな声を漏らす。その勢いを受け止めきれず、新太郎は後ろに倒れ込む。

利用客の誰かが「きゃー」と驚いた声を上げ、周囲に人が集まり始めた。

そんなこともお構いなしに、自分を下敷きにしたヒューゴが、そのきれいな顔をくしゃくしゃにしていた。目を閉じ、再び開かれる。

「君が好きだ」

どうして――。こんな衆目の中で、らしくもない捨て身で、何のひねりもない台詞で、一番欲しかった言葉をくれるのだ――と。

自問もする。

(どうして、こんなに嬉しいんだ)

「聞こえた？　ああ、もう……なぜこんなに騒がしいんだ」

忌々しそうなヒューゴだが、騒がしい理由はここが空港だからだ。時と場所を選んでいないヒューゴが悪いのに。

「何度でも言うよ。君が好きだ、とてもとても好きだ」

「ヒューゴさま……」

「なぜ泣くの、私の気持ちは迷惑？」

そう問い詰められて初めて、自分が泣いていると知る。

ヒューゴと新太郎の身体の間に挟まれた理人が、いつの間にか人の姿に戻っていて、もぞもぞと這い出て顔を出す。

「しんたお、ぱぱとぼくのふぁみりになりなさい」

なりなさぁ～いと、理人が泣き出す。

ヒューゴは理人を抱き上げて自分のジャケットを着せると、立てた片膝の上に理人を座らせた。

おろおろしながら新太郎があやそうと立ち上がると、そっと左手を取られる。

見下ろすと、片膝をついたヒューゴが、理人と一緒に自分を見つめている。先ほどまで全速力で走っていたヒューゴは息切れしていて、髪はボサボサ、顔から首にかけて汗が流れている。

それなのに、彼の発した台詞や表情は、やはりおとぎ話か映画の一場面のようだった。

「私と結婚してくれませんか《Will you marry me?》」

その瞬間、きゃーっと周囲から黄色い声が上がり、スマートフォンのシャッター音が鳴り響く。「何かの撮影かな?」「あの人、イギリスの有名な貴族じゃん」などと周囲のざわめきが聞こえてくる。

いくら英語が不得手の新太郎でも、ヒューゴの放った台詞の意味は分かる。分かるのだが、理解はできない。

「待ってください、あなたには結婚する予定の人が――」

「結婚する予定の人は、君になった」

「でも男同士だし」

「私の国では結婚できる、この国が遅れているだけだ」

「一族の血が……」

ヒューゴが眉を八の字にして、さみしそうな笑みを浮かべた。

「私たちは繁殖《はんしょく》のために生きているわけじゃない。残りの人生を君と理人と過ごしたい」

ヒューゴは「結婚して《Marry me》」ともう一度懇願すると、左手の甲にキスをする。ヒューゴのジャケットにくるまれた理人が、「まりみ」と泣き笑いをしていた。

ヒューゴと理人のことを、思い出に出来ない理由がようやく分かる。

(こんなおとぎ話みたいな結末を、無意識に夢見ていたんだな)

素直に認めてしまうと、これまで自分が抱えた葛藤が滑稽《こっけい》に思えてくる。

「私の気持ち伝わった？　返事をくれないか新太郎」

もう答えは決まっている。

新太郎は濡れた目元を擦り、口を開く。

その瞬間、視界にいた理人が消えた。

――否《いな》、消えたのではなく誰かに抱えられたのだ。突然のことで、ヒューゴと理人は微動だにできなかった。

視線で理人を探し始めたときには、走り去っていくスーツ姿の男に、ヒューゴのジャケットごと抱きかかえられていた。

「理人くん！」

叫ぶ新太郎の横を、風が横切った——か思った。ヒューゴが驚異の脚力で追いかけたのだ。

「理人！」

スーツの男は二人組だった。連携しながら出発ロビーの外に出る。ヒューゴも尋常ではないスピードで男たちを追いかけるが、相手もかなりの脚力のようでなかなか差が縮まらない。

新太郎も必死で走るが、どんどん引き離され見えなくなっていく。

「くそっ、どうしたら」

「おいおい、感動の再会が終わって運動会か？」

犬塚がひょいとのぞき込んで、涼しい顔で新太郎に併走《へいそう》する。何も状況を把握していないようだ。新太郎は、はっとして犬塚に飛びついた。

「——いぬ、いぬだ、犬になってくれ！」

「はあ？」

建物と建物の間に犬塚を押し込み、バリッとフットマンの制服を脱がせる。

「ば、ばか、なに、おまえ、えっ？　ヤダァ」

「犬になってくれ！　理人くんがさらわれた、今ヒューゴさまが追ってるけどもう姿が見えないんだ。匂いをたどってくれ！　犬の姿なら地面嗅いでも不自然じゃないだろ」

その瞬間、犬塚の表情が真顔になる。勢いよくワイシャツを脱いで、身体を縮めると足下にちょこんとビーグル犬がお座りしていた。

想像よりかわいらしい姿に驚いてしまう。新太郎の表情で察したのか「何も言うな！」と怒りながらビーグル犬塚が走り出す。

「分かるか？」

「まかせろ、ビーグルはずば抜けて嗅覚がいいんだぞ。この姿ならなおさらだ」

成田国際空港前の舗道を、一人の青年と一匹の犬が全速力で駆け抜ける。五百メートルくらい走っただろうか、成田空港を管轄する成田国際空港警察署が見えてくる。

そのエントランスで、新太郎は信じられない光景を目にする。

真っ白の虎が、スーツの男二人を前足で踏みつけていたのだ。

「ヒューゴさま！　いつの間に……！」

警察官たちも待避しながら、踏みつけられた男たちの救助をしようとしている。

体長二・五メートルのたくましい体躯で、男にのしかかったままヒューゴは雄叫《おたけ》びを上げる。

「グォオオオオッ」

その地響きのような咆哮《ほうこう》は警察署のガラスをばりばりと揺らし、その場にいたすべての人をもおののかせる。その後ろで、白い子狼が小さくなって震えていた。

「理人くん！」

ヒューゴは男のスーツの襟を咬むと、そのままガラスに向かって放り投げた。続いてもう一人も。激しい音を立ててガラスが割れ、スーツの男たちは隣室に吸い込まれる。

しばらくして、その割れたガラス窓からのそりと姿を現したのは、黒いベルベットのような被毛の猛獣――黒豹だった。あのスーツの男たちはやはり獣人だったのだ。

ヒューゴと比べると体格は三分の二ほどだが、すらりとした体型はスピードで利がありそうだった。何より相手は二頭だ。

理人を誘拐しそうな黒豹といえば――。

「ポートマン伯爵――いや、アレックスのくそやろうの仕業《しわざ》だったか」

犬塚がウウウウと唸る。

空港警察署のエントランスで、警報器がけたたましく鳴り響く中、白虎と黒豹がにらみ合うという信じられない光景が広がっている。一般人はみんな待避し、警察官たちも大型のシールドでバリケードを作って様子を見守っている。

理人を保護しようにも、三頭の足下に縮こまっているので近づけない。

「グァオオオッ」「ウギャゥウウ」

白虎と黒豹が吠えて威嚇し合い、取っ組み合いになる。

一頭の黒豹が前足に噛みついたかと思ったら、もう一頭が背中に噛みつく。

ヒューゴは先に攻撃を仕掛けていた黒豹を太い前足で床にたたきつけると、そのまま首に牙を立て、体重をかけて黒豹をねじ伏せた。もう一頭は顔を前足で殴りつけ、そのすきに喉に噛みついた。黒豹は「ギャウ」と苦しそうな声を上げる。

圧倒的な力の差に観念したのか、二頭の黒豹はぐったりと脱力して抵抗をやめる。

その勝負はわずか一分ほどのことだった。

二頭の黒豹を踏みつけて、白虎は首をぐるりとひねりながら何度も咆哮した。

怒りを天に届けるように、そして勝利を誇るように。

壮美《そうび》という言葉がよく似合う、と新太郎は思った。

「アォーーーーーン」

ヒューゴに触発されて、たくましく遠吠えしたのは子狼だった。

被毛つややかな白虎と白狼が、天を仰いで咆哮するさまに、新太郎は胸を熱くする。

(なんてきれいな親子なんだ)

その場にいた誰もが、野生美あふれるヒューゴと理人から目が離せなかった。

テレビのリポーターが成田国際空港警察署の荒れたロビーを中継する。

『こちらがサーカスの猛獣が暴れた現場です。片付けは終わっていますが、ご覧ください……ガラス窓はまだ割れたまま。三頭の乱闘の激しさを物語っています。一時は虎が人を襲ったという情報もありましたが、成田国際空港警察署によるとけが人はいないということです』

中継がワイドショーのスタジオに戻されると、視聴者提供の動画が流れる。その動画には背中に白い子狼を乗せて逃げ出す白虎が。アナウンサーがコメンテーターに話を振る。

『三田川《みたがわ》動物園の水田《みずた》さん、これは……どう受け止めたらいいのでしょう。子犬が虎の背中に乗って……いますね……？』

『いやあ、三十五年動物と過ごしていますがこんな光景初めて見ますね。サーカスでしっかり調教されたのでしょうか。子犬も全くおびえた様子がないんですよね』

それを軽井沢の屋敷のテレビで見た理人が「いぬじゃないのにねえ」と反論しながら、のんきに新太郎お手製のハーブ水を飲んでいる。その横では、ヒューゴがひょうひょうとハーブクッキーをつまんでいた。

（なぜこんなに平然としてるんだ？）

新太郎はあきれた表情で二人を見た後、数時間前の騒ぎを思い出していた。

黒豹をねじ伏せたヒューゴは、周囲が呆然としている隙に子狼姿の理人を背中に乗せてその場を逃げ出した。新太郎も野次馬のフリをして、ビーグル姿の犬塚を抱えて現場を去った。

ヒューゴたちは人のいない倉庫まで逃げ込んで姿を戻し、ロバートが着替えを手配。何食わぬ顔で帰宅した。

「テレビで今サーカスって……」

「ああ、情報操作の得意な人に動いてもらったよ」

獣人の秘密が暴かれそうになったとき、隠蔽《いんぺい》工作をする特別チームが存在するらしい。それが円滑に行われるよう、各国のエリート層にも獣人を送り込んでいるのだという。

ヒューゴに倒された黒豹二頭も、表向きはサーカスが引き取って損害賠償《ばいしょう》する形で幕引きとなった。

取り調べの結果、騒ぎの主犯はやはりアレックスだった。

アレックスは謹慎となり、獣人族トップで組織する審議委員会の沙汰《さた》を待つことになる。

獣人の存在を全世界に知られるような誘拐騒動を起こしたため、場合によっては富《とみ》も立場も失うペナルティが科せられるという。

しかし、新太郎はその後のヒューゴの台詞のほうが恐ろしかった。

「ペナルティを受けたあとも、永遠に地獄を見ることになるだろうけど」

テレビでは、アナウンサーがカメラに向き直っていた。

『CMのあとは、偶然にも同じ成田国際空港でのニュースです。イギリスの有名な貴族が、成田で日本人男性にプロポーズする動画がネットで話題となっています』

ワイドショーのイントロが流れたのと同時に、使用人たちが一斉に新太郎を見る。

思わずうつむいてしまった。注がれているのは「返事はしたのか」という視線だ。

そのなかに一つだけ、質の違うものがあるのも分かっていた。「返事はまだか」というヒューゴの視線だ。

「そうだ、おれ夕方の水やりしなきゃ」

耐えきれず庭に逃げ出す。理人もついてきて、スプリンクラーのスイッチを一緒に入れた。まだポットに待機している苗たちには、かがみ込んだ体勢になって、じょうろで優しく水をやる。

西日が差し込む芝生に長い影が現れる。その主が誰かを分かっているからこそ、新太郎はしゃがんだまま顔が上げられなかった。

(あの場でそのまま返事ができたらよかったのに)

ヒューゴと理人の家族になりたいと思ったこと、これからもこんな日々を三人で過ごしたいと思ったこと、そしてプロポーズが嬉しかったこと――。

理人が新太郎の膝に、ぽん、とふくふくした手を置く。

「しんたお、いったよ。ことばにしないとつらたわないって」

この屋敷に雇われてすぐ、理人に話したことだった。

バラに「大きくなれよ」と話しかけるのを見て不思議そうにしている理人に、確かに自分はこう言った。

『花や木が相手でも、大切なことは言葉にしないと伝わらないんだ。俺の先生の言葉だけどさ』

そうだ、だからこそヒューゴはあらためて言葉にして、真摯に愚直に思いを打ち明けてくれた。自分だけがそれを恐れてどうするのだ、と新太郎は顔をパンとたたいた。

ゆっくり立ち上がると、夕日を背にしたヒューゴが穏やかに微笑んでいた。

黒豹との乱闘のせいで包帯を巻いた左手が痛々しい。

「……空港での……返事、ですけど」

新太郎がゆっくりと口を開く。ヒューゴが「うん」と腹を決めたように真顔になる。

新太郎は片膝をついて、包帯の巻かれたヒューゴの手を取った。

ゆっくり彼を見上げると、こう告げた。

「おれはもう、あなたと理人くんを諦めません」

ヒューゴの瞳が、大きく見開かれる。

爆発しそうな心臓の音を聞きながら、新太郎はすうっと大きく息を吸った。ぎゅっと目を閉じて、大きな声を軽井沢高原に響かせる。

「好きです！　ヒューゴさまの庭を、おれに一生まかせてください！　必ず豊かにしてみせます！　おれと、結婚、してください！」

後ろでドテッという音がする。あまりの声の大きさに、理人が驚いて尻もちをついたようだ。しかし直後「けっこんしてくださぁい」という嬉しそうな声が跳ねた。

おそるおそる目を開けると、見上げていたはずのヒューゴの顔が目の前にあった。彼も膝をついたのだ。二色の虹彩が揺れ、白いまつげが濡れて瞼にはりついていた。

「プロポーズにプロポーズを返されるなんて」

強い力で腕を引き寄せられ、広い胸の中にぎゅうぎゅうと抱き込まれた。

「私の庭を――私の生涯を預けるよ。君の思うままに彩ってくれ」

「ヒューゴさま……！」

新太郎もいつの間にか泣いていた。

ヒューゴの背中に手を回し、震える背中を抱きしめ返す。人間相手に——正確には人ではないが——こんなに心を震わせる日が来るなんて、一ヶ月前の自分には想像もつかなかった。

「なんて最高のプロポーズだ。成田でひねりのないプロポーズをしていたイギリス人に教えてやりたいよ」

ひねくれたヒューゴからの、愚直なプロポーズだったからこそ嬉しかったのに、と新太郎は思ったが黙っておくことにした。

理人が二人の間に身体をねじ込んでくる。

そして、ぱっと顔を輝かせ「ふぁみりだね」と言った。無理に笑って見せているのではない、心からの笑顔だ。

新太郎の盛大なプロポーズ返しを聞いた使用人たちによって、その夜は屋敷内で宴《うたげ》になった。

「意外に遅かったな、くっつくの」

「あたしとロバートさんの勝ちね」

「まさか出国直前まで引っ張るとは……計算違いだったわ」

使用人たちの会話が理解できないでいると、犬塚が解説する。ヒューゴと新太郎のカップル成立の有る無しとその時期を、使用人の間で賭けていたのだ——と。

「ハハハ、ばればれだったよね。気づいてないのは新太郎だけで」

シャンパンを飲みながらヒューゴが浮かれている。メイド長の倫子が付け加えた。

「ヒューゴさまを知る者からすると、まずゴム長靴履いて庭に出るなんて考えられませんものね。青葉くんに関することではそんな異変が続くし、ヒューゴさまが自覚なく半獣化したって話を聞いたもんだから、みんな確信してたのよ」

オードブルをいくつも口に放り込んだ犬塚が、安堵したため息をつく。

「倫子さんも俺も、結構分かりやすく援護射撃してたよなあ。ロバートさんなんてヒューゴさまのスポーツカー出してまで……」

「私、【出国直前にカップル成立】に一万円ほど賭けておりましたので」

ロバートがコホンと咳払いをする。

唯一「カップルが成立しない」に賭けていたのは、ヒューゴファンのナニー、美樹だった。彼女は悔《くや》しがりつつも、ぽつりと漏らした。

「ヒューゴさまの健康と幸せがなによりですから……賭けには負けたけど、ファンとしては大勝利よ……！」

どっとみんなが笑うそばで、理人がうつらうつらとし始める。新太郎がそっと抱っこして、寝室へと連れて行った。

「しんたお……ずっといっしょ……？　もうおわかれしない？」

廊下を渡る間、理人が睡魔と戦いつつ新太郎の指先をきゅっと握る。

「うん、うん、一緒だよ。おれを家族に入れてくれる？」

「うん……しんたおだけ、さいしょから、しんたおだけ……だいすちよ……」

理人は「おせなかとんとんして」と言いながら深い眠りに落ちた。

理人のベッドにそっと寝かせると、布団をかぶせて、その上からぽんぽんとリズムを刻むようにたたいた。

ふくふくとした白いほっぺに、こっそり触れる。愛しさがあふれて、キスしたくなる。

（家族になるのを認めてくれたんだし、少しだけ……）

キスをした自分の人差し指と中指を、理人の柔らかな頬に当てた。マシュマロのように柔らかく、そして温かかった。

小学生のころ、母親が「あんたが寝ているときに、こっそりほっぺにキスしてるのよ」と言っていたのを思い出す。当時は冗談だと思っていたが――。

（しちゃうな、寝顔にキス。まさかこんなところで親心を教わるなんて）

寝顔を見つめていると、小さなノック音がする。静かに開いた扉から、ヒューゴが姿を現した。

新太郎は目を細めて、理人のベッドから立ち上がる、彼の寝室に向かうために。

「帰国は、君のご両親にご挨拶がすんでからにしようと思う」

新太郎は、部屋に入るなりソファに座って今後の説明を受けた。

一緒に渡英して婚約発表、十ヶ月の語学研修期間中に結婚式を済ませて、トンプソン氏に弟子入り――と、向かいに座ったヒューゴはすらすらと予定を立てていく。

「ま、待ってください。今日は色々ありすぎて整理できません、どうしてそんな性急に」

胸の前で振った手を、ヒューゴに強く握られた。

「新太郎の気が変わったらと思うと……私もこんな気持ち初めてなんだ。手に入ったのにまだ不安だし、もっと結びつきを強くしたくなる」

自分を中心に世界が回っていると信じて疑わない男が、新太郎の手を握って震えている。

寒さに震えるバラのようだった。新太郎は知っている、そんなときはバラに不織布《ふしょくふ》などを巻き付ける〝冬囲い〟をしてやればいいのだ。

「ヒューゴさま……」

新太郎は移動してヒューゴの横に座ると、体重を預けるように身体を寄せた。

「おれはどこにも行きません、腹をくくったんですから……でも」

「でも？」

「結びつきを強くしたい思っているのは、あなただけじゃない……です」

ヒューゴの耳に唇を寄せると、小さな声で精一杯の誘惑をした。

「あの夜の、続きをしませんか……もう思い出にするなんて言わないので……」

顔を上げると、ヒューゴが苦しそうに笑っていた。なんて顔をしているのだ、と愛しくなる。ゆっくりと端正な顔が近づいてくるので、新太郎は目を閉じた。

ついばむようなキスはほんの数回で、以降は獣のそれに変わっていく。

「ん……っ、はっ……」

息継ぎがままならないほど口内をむさぼられる。そんな間にも、新太郎が来ていたワイシャツとカーディガンはいつの間にかボタンが外されている。

シャツを開かれた胸元に、ヒューゴが唇を移動させていく。肌の表面をキスで埋め尽くさんと唇を押しつけている。少しひんやりしたヒューゴの唇が肌を擦るたび、期待で「ふ」と声が漏れてしまう。

鎖骨に赤くうっすらと残った咬み跡を、指で悲しそうになぞった。

「痛かっただろう、あの夜は本当に申し訳なかった」

「いえ……おれが望んだことなので」

「私は謝罪したよ、新太郎も私に謝りなさい」

なぜだ、と目を見開くと、新太郎の胸の飾りに尖った牙を立てたヒューゴが意地悪に笑っていた。気づけばヒューゴは半獣化していて、耳も尻尾も、そして牙も爪も虎のそれに変容していた。

「あの夜で最後にしようとした君は、とてもひどかった。この私を泣かせるなんて、一体どういうことだ」

その先端にチクリと牙が当たる。もちろん危害を加えるつもりがないのは分かっている。意趣返しのつもりなのだろう。

「だって」

「日本語の『だって』は言い訳するときの接続語だ」

さすが日本語が達者なだけあって、弁明すら遮られる。

乳首を甘噛みされながら、腰骨あたりを指が這う。デニムのボタンを片手で器用に外されると、脚を抱えられて丁寧に脱がされた。はだけたワイシャツとボクサーパンツ、そして靴下だけの姿になった新太郎を、ヒューゴは視線で味見をする。

「そ、そんなに、じろじろと……」

「力仕事をしているだけあって、細身だけれどしなやかな筋肉がついていると思って」

うっすらと割れた腹筋を、ヒューゴの長い指がすーっと縦になぞり、そのままボクサーパンツの上を撫でていく。

「ん」

ぴくりと腰が揺れると、ヒューゴのふわふわの耳が新太郎の声を追うように動いた。

「君はきれいだ」

突然の褒め言葉に顔が熱くなって、視線をそらしてしまう。

「そ、そんな、ヒューゴさまがいちばん……」

「もちろん整っていると思うよ、私も。でも君は特別だ、透明な美しさだ」

恥ずかしくて呼吸もできない。新太郎の反応などお構いなしに、ヒューゴの手がボクサーパンツの縫い目をなぞっていく。

「新太郎の周りだけ空気がクリーンなんだ。純粋に植物や命を愛してるのがよく分かる。緑のことを早口で嬉しそうに語る君の横顔なんて、本当に素敵で――私は」

新太郎はヒューゴに視線を戻した。そこで黙ると気になってしまう。

「――思わず君を食べたくなってしまって」

ヒューゴは挑戦的にこちらを見ると、ボクサーパンツの上から新太郎の陰茎《いんけい》を食んだ。

「ひあっ」

布越しに唇で陰茎を挟み込まれ、その唾液が新太郎の下着を濡らして濃い染みを作っていく。美術品のように美しい半獣が、自分の陰茎を食みながらにらみ上げてくる――とんでもない視覚的刺激で、新太郎の陰茎は早々に硬くなった。

「ああ……新太郎を濃縮したような匂いだ」

ヒューゴが興奮して下着をずりおろし、根元から先端までをぞろりと舐め上げた。

「ああっ！」

ぺろり、ではなく、ざらり、とした感触に驚いて悲鳴のような声を上げてしまう。

「興奮しすぎると舌も獣に近くなるんだ。でも痛くないだろう？」

そう言ってもう一度、ざりと舐める。

「いっ、いや、ひっ」

確かに痛くない。痛くないのだが快感がすぎるのだ。

そもそも自分の手でしか刺激したことのない陰茎が、舌で舐められて耐えられるわけがない。それなのにヒューゴはネコ用の液状おやつでも与えられているかのように、先端からあふれる透明な体液を小刻みに舐め取っていく。そのたびに、あえぎ声が漏れ、腰がひくひくと浮いてしまう。

(気持ち良すぎて、爆発する)

新太郎は突然こみ上げてきた射精感に驚いて、ヒューゴの顔を引き離そうとしたが、そう簡単には退いてくれない。それどころか、砲身を膨らませた雄《オス》の先を唇に挟み込み、ずぶずぶと喉の奥へと飲み込んだ。

「ああ……熱い、だ、だめ、ヒューゴさまにかかってしまう」

ヒューゴはこくりとうなずいて、さらに口淫《こういん》を激しくする。何にうなずいたのが問いたいが、まもなく、じゅ、じゅ、という水音とともに新太郎の臨界点がやってくる。

「ひ、やぁあああっ」

射精した瞬間、目の前で流れ星がはじけた気がした。初めて他人から与えられる性的快楽、思いが通じ合った相手からの愛撫——。ひとりで発散するときとは比べものにならないオーガズムに新太郎はぎゅっと目をつぶる。目尻から涙が落ちた。

先端を吸われる感覚に、新太郎は我に返る。目を開けると、ヒューゴが自分の放ったものを飲み下していた。

「うわ……ヒューゴさま、なに、してんですか、あっ」

敏感な状態の先端を、再びヒューゴが舐めるので最後まで言わせてもらえない。そのまま舌が陰嚢《いんのう》をもてあそび、後ろへと移動していく。きゅっと締まった双丘の狭間に到達しそうになって、慌てて声を上げた。

「ま、待って、ヒューゴさま、あのシャワーを……」

男同士の性行為の方法を知らないわけではない。ただ、風呂に入っていない状態でそこを舐められるのは抵抗があった。

「そうだね、ではシャワーを浴びながら慣らそう」

慣らす、が理解出来ないまま、新太郎は主寝室とつながったバスルームに横抱きで連れて行かれる。自分で歩こうとしたがヒューゴが決して放そうとしなかった。

「隙を与えたら君は逃げるから」

バスルームに下ろされると、一糸まとわぬ姿になる。並んだ姿が映る鏡を見て、新太郎は悲しくなった。ヒューゴの等身が高いのもたくましいのも知っている。しかし、彼と並んだ自分のなんと貧相なことだ、と。仕事で筋肉がついているとはいえヒューゴと比べると、屋久杉《やくすぎ》と柳《やなぎ》くらいの差がある。

誰が気を利かせたのか知らないが、円形の檜の浴槽には泡風呂が用意されていた。浴槽に沈められた新太郎は、ヒューゴを背にしてジャスミンの香りがする泡で丹念に身体を洗われた。自分で洗おうとすると遮られるので、新太郎は反転攻勢に出る。

「じゃあ、僕がヒューゴさまを洗います」

「それは嬉しいな」

くるりと振り返ってヒューゴと向き合うと、泡を手にして首から優しく洗っていく。透き通るような白い肌は、強く擦ってはならないような気がした。

洗いやすいように首を傾ける仕草が色っぽくてドキドキしてしまう。それに気づいたのか「キスも」とささやかれる。低くて甘くて、とろけるようなその声音に新太郎は無言で従ってしまう。

唇を寄せると、自然と互いの肌が密着し、手で洗うというよりは身体同士で擦り合っているような動きになる。

くちゅ、と音を立てて舌を絡め合い、唾液を交換しているうちに、ヒューゴが新太郎の腰を引き寄せた。

先ほど上り詰めて敏感になった新太郎にとっては風呂での接触も十分な刺激で、すでに再び雄が鎌首《かまくび》をもたげている。

(また硬くなってるのがばれてしまう)

その先端が同質のものと触れ合った瞬間「あ」と声を出してしまった。見上げると、ヒューゴは頬を染めて微笑んだ。

「一緒だね」

　ヒューゴが軽く腰を揺すると、膨張した彼の先端が、新太郎のそれを根元から誘うようにつるりとなぞる。

「あっ、んっ……っ」

「可愛い声」

　ヒューゴがうっとりした表情で、声の漏れた唇を塞ぐ。同時に彼の指が尻の間にするりと滑り込んだ。赤ん坊以来、人に触れられたことのない後孔を指の腹でなぞられた。

「あ、はっ」

「壁に手をついて、こちらに……」

　ヒューゴは自分に臀部を向けるよう促す。恥ずかしくて硬直していると、困ったように尖った爪を見せて理由を明かした。

「もう私も欲望が収まらなくて、指ではここを慣らせないんだ」

「じゃあ、自分でします、自分でしますから……」

「だめ」

　新太郎は促されるままバスルームの壁に手をついて、ヒューゴに尻を突き出す体勢になる。直後、ざらりとした舌が後ろの蕾をなぞった。

「あっ……んんっ」

そのまま、つぷりと舌が中へと侵入する。温かい異物が中でうごめいている。身体をよじってその感覚から逃れようとすると、腰をがっしりと捕まれて阻まれる。彼の荒くなった息が双丘のあわいにかかり、興奮もじりじりと伝わってくる。

「んッ、んぅ……」

獣の舌に中を暴かれていく。そう意識すると本能的なものなのか、被食者《ひしょくしゃ》のような感覚に陥ってしまい、なぜか頭がぼんやりとしてくる。

カタと風で揺れたブラックミラーガラスに視線をやると、自分の恥ずかしいところに顔を埋めているヒューゴの姿が映っていて、ショックでヒュッと喉を鳴らす。

ヒューゴが新太郎の動揺に気づいたのか、ミラーガラス越しに視線が合ってしまう。彼は天使のように微笑んで、見せつけるように再び新太郎のそこを舐った。

「ああっ、いじわるだ……っ」

ちゅ、じゅぷ、じゅ……という水音がバスルームに響く。陰茎も扱《しご》かれて再び達してまったころには、新太郎のあえぎ声はすすり泣きに変わっていた。

バスローブに包まれてベッドに抱えられて戻ったときには、ふわふわと意識が定まらない状態だった。ヒューゴはスイッチが入りきってしまって、まだ新太郎の身体の隅々を舐めている。おかげで全身が性感帯かのように敏感になっていて、乳首を甘く吸われるだけでヒクヒクと腰が浮いてしまうのだった。

新太郎はバスローブを脱ぎ捨て、ヒューゴの首に腕を回す。

「もう舐めないで、もうおれだけいきたくない。ヒューゴさまのを……ください」

「……ああ。苦しかったらすぐに言って。君の苦しみと引き換えにしてまで快楽がほしいわけじゃないから」

優しい言葉がじんわりと身体を温める。新太郎はゆっくりとうなずくと、ヒューゴに身体を転がされてうつ伏せにされた。高く腰を掲げられると、ヨガの猫のポーズのような体勢になる。

「え……この体勢……？」

「この方が最初は苦しくないから……入るね……っ」

時間をかけて舌でたっぷりとほぐしてもらったはずなのに、ヒューゴの剛直《ごうちょく》がずぐり、と入った瞬間、新太郎は呼吸の仕方を忘れてしまった。

「あ、あ、う」

「大丈夫？　息をゆっくり吐いて」

言われるままに吐くとわずかに力が抜けて、ヒューゴの雄がさらに中へと侵入する。

「ああ、飲み込まれてる、みたいだ……すごく熱くて」

上ずった声で彼が感じているのが分かると、自分も苦しいのに嬉しくなってくる。先ほど教えてもらったように、もう一度大きく息を吐くとまた身体が緩み、ヒューゴが中へ中へと入ってくれる。

「あ、し、新太郎……すごい、こんなにいっぱい飲み込んでくれるなんて……」

「き、きもち……いいですか……っ」

顔だけ振り返ると、ヒューゴは何度もうなずいて感極まる。

「うん、とても。でもあまりこちらを見ないで……私、今幸せで顔が溶けてるから」

そう言って恍惚《こうこつ》とした笑みを浮かべるヒューゴに、愛しさが募る。

「もう大丈夫ですから、動いてください……」

返事をする代わりに、ヒューゴの腰がゆっくりと動き出す。少し引いては押し込む、の繰り返し。ゆっくりと愛《め》でるように。

「ん……ん……」

新太郎は意識のどこか冷静な部分で、人間の身体の構造に感心していた。こんな太いものを飲み込んでしまう器官があるなんて――と。

しばらくゆるゆると前後させているうちに圧迫感による緊張は減り、そのぶん内壁を擦っていく欲望の形がまざまざと分かる。

（ふとい、あつい……）

中程まで突き入れられた先端が、内壁の腹側にあるスイッチのようなものをかすかに擦っていく。

（な、なにか変な場所がある……！）

そこに亀頭《きとう》が触れるたび、きゅんと腹が切なく縮むのだ。次第に自分の中の本能が、そのゆるやかな動きだけでは物足りず、もっとその気持ちいいところを擦ってほしいを求めてしまう。

「あ、あ、ヒューゴさま、もう……大丈夫、大丈夫ですからぁ……っ」

「この場合はどういう意味の『大丈夫』？　日本語では、オーケイとノーサンキューの意味があるから――」

そうかきちんと言葉にしないと伝わらないのか、と新太郎は涙目になったくしゃくしゃの顔で、ヒューゴに懇願した。

「もう苦しくありませんから……奥にください……あの、おれの、気持ちいいとこ、もっと……ヒューゴさまので擦って……ください……」

恥ずかしくて顔から火を噴きそうだが、これなら伝わっただろう。ちらりとヒューゴを振り返ると、真っ赤な顔でこう答えた。

「か、可愛すぎることは言わないで、すぐ出そうになるから……」

そんなヒューゴこそ可愛いと新太郎は胸をときめかせるが、直後、ズンと激しい挿入が始まり、そんな余裕をなくしてしまう。

ローションのぬめりが足されて滑りが良くなったヒューゴの雄は、新太郎の最奥を暴いていく。反り返った剛直が、快楽を濃縮したような膨らみをジュッと擦っていくたびに、新太郎は「ひ」と悲鳴のように喘いだ。

「ああ、締め付けないで新太郎」

苦しそうな息づかいが聞こえるが、自分としては締め付けるも緩めるも自覚がないのだから仕方がない。

「あ、あ、こすれて……あぁっ」

ギシ、とベッドが軋んだかと思うと、ヒューゴが上半身を倒して新太郎に密着させる。腕がぐるりと巻き付けられ、半勃ち状態の新太郎の陰茎を握られた。ヒューゴは抽挿を続けながら、新太郎の陰茎も扱き始めたのだ。

「ひゃ、あああっ、うそ、あっあっ……！」

後孔を穿つバチュバチュという水音と、新太郎の中心を手淫する粘ついた音が混じり合う。快楽は倍増どころではなかった。先ほどまでの二度の射精《しゃせい》を流れ星に例えるなら、今与えられている刺激は流星群だ。断続的に星がはじけているようなのだ。

「ああっ、知らない……っ、こんな……こんなこと……っ」

身体が作り替えられていく――そんな感覚に陥る。

首筋に熱い吐息がかかり、ざらざらの舌がうなじを味見するようにべろりと舐めた。そして甘く歯を立てる。

「んんんーッ」

逃がさないと言わんばかりにうなじを噛まれ、身動きが取れない体勢で後ろから貫かれると、獣の雌になってしまった錯覚さえ抱く。

前を扱かれているので、絶頂まで押しやろうとする快楽が断続的に襲ってくる。善がっている自分が何者かすら分からなくなっていく。

ハアハアと息を荒らげて耐えようとするが、そのたびにうなじを甘く噛まれて脱力させられる。突き上げられるピストンはどんどん早くなっていき、ストロークも深くなる。そのたびに腹の奥が悦《よろこ》んで、懸命にその剛直を絞ろうとするのが分かる。

「ん……んんっ、変です、ヒューゴさま……っ、そこ……そこを強く擦られるの、すごく怖い……っ、おれ溶けそう……溶けちゃうよぉ……っ、ああぁっ」

ヒューゴの手のひらでこねるように擦られた陰茎から、水のような体液が噴き出す。

「あーッ、これ違……！」

射精のつもりがお漏《も》らしをしてしまった、と新太郎は身体を震わせるが、ヒューゴが快楽が過ぎたときのサインだと教えてくれた。

「ん……すみません……っ、汚して……」

「こんなに感じてくれて嬉しいのに、なぜ謝る？　ほらこちらを向いて」

ヒューゴは挿入していた陰茎をずるりと引き抜くと、新太郎と向き合って膝の上に載せた。またその臀部に亀頭を押しつけ、新太郎の身体を沈めることで挿入していく。

「あっ、あっ、もう、おれ……っ、全部気持ちよくて……たすけて……」

深くめり込んでくるヒューゴの剛直が、体勢を変えたことで新たな刺激を与えてくる。

「安心して、気持ちいいことは悪いことじゃないんだ、私も気持ちがよくて幸せだよ新太郎……」

ヒューゴから優しいキスを受けると、緊張が緩んでまた雄が奥へと入り込んでくる。

「んんん……んぅ……っ」

濃厚なキスに変わっていき、息をする暇さえ与えられずに身体が揺さぶられる。

「あっ、ああっ、ヒューゴさま……なか……あっ」

そのときにはすでに力が抜けきっていて、中ではじけ続ける快楽だけをただひたすら拾ってすすり泣いていた。

「可愛い……意地っ張りで可愛い私のガーデナー……愛してる、愛してる」

突き上げながら、ヒューゴがまっすぐこちらを見つめる。虎の耳をへなりと倒して、懇願しているように見えた。

きっと言葉を待っている。快楽漬けで意識が飛びかけている新太郎は、ヒューゴの頬に手を添えて声を絞り出した。

「ヒューゴ、さま……おれも……ずっとそばにっ、いたい……ん、ああっ」

ぷっくりと膨れた乳首を、ヒューゴに甘噛みされる。そしてまた中で大きく快楽がはじけた。

「さま、はいらないよ。ヒューゴ、と……っ、新太郎、もう限界だ……っ」

眉根を寄せて、突き上げがさらに激しくなる。ごちゅ、ごちゅ、という激しい抽挿音が頭蓋にまで響いてくる。

「ああっ……ヒューゴ、ヒューゴ……んんーッ！」

敬称をつけずに名を呼んだ瞬間、中でヒューゴの欲望が爆ぜた。

同時に新太郎も、雷に打たれたように身体をけいれんさせながら、前から透明な体液をこぼしていた。

じわりと温かいものが広がって、体内に吸収されていく感覚に思わず声が出る。

「あ……すごい、なかに、出てる……」

「もう一度、名前を呼んでくれないか」

新太郎の頬に何度もチュッチュとキスをしながら、ヒューゴがねだる。

ぐったりと脱力した新太郎は、か細い声を絞り出した。

「ヒューゴ……さま」

「呼び捨てにしてって言ったじゃないか」

名を呼び捨てしながら絶頂してしまったことで、余計に呼びにくくなってしまったなどと言えるわけがなかった。

【8】幸せの白いバラ

バラが咲き乱れるハウスで、新太郎は細い筆をそろりそろりと動かしていた。

筆の先に、昨日別種のバラから採取した花粉をつけては、そっと目の前のバラのめしべに付着させて交配させていく。今日のノルマにしていた最後の交配が終わると、茎に親株の名が記されたラベルを巻く。ふう、と大きく息を吐いて立ち上がった。

『今日の分はすべて交配完了しました。これで失礼します、トンプソンさん』

こなれた英語で、新太郎は師匠《ししょう》に声をかけた。

『ああ、遅くまでありがとう。また明日』

白髭で恰幅《かっぷく》のいい白人男性が、丸い老眼鏡をずらして挨拶した。

イギリスで有名な育種家の一人、デイビッド・トンプソンに弟子入りしてから二ヶ月。交配に適した春を迎え、朝から晩までバラの一番花の交配作業を繰り返さなければならなかった。

テントウムシに似た、赤くて小型のレトロな車に乗り込むと、新太郎は家族の待つ屋敷に向かう。

城の入り口のような門の前で停車するとアンティークの門が自動で開く。中に乗り入れて車寄せに停車する。使用人の男性が「おかえりなさいませ」と車の鍵を預かってくれた。

城と見紛《みまご》う白亜《はくあ》の屋敷に入ると、赤い絨毯のエントランスに出る。

『新太郎、お帰りなさい！』

流ちょうな英語で迎えてくれたのは、四歳になった理人だった。

『ただいま、ヒューゴはまだ仕事かな？』

『ううん、お庭のライトアップを試してるよ』

『まだやってるのか、夜まで派手にしなくていいのに……』

新太郎はあきれたように笑った。

ヒューゴのプロポーズを受けた新太郎は、そこから三ヶ月で任された日本邸の庭をほぼ完成させ、ヒューゴと理人を追うように渡英した。

到着同日に婚約を発表し、日英両国で話題となった。

イギリスでは同性婚が法制化されているものの、貴族ではいまだ珍しかったし、何よりあの〝結婚したいセレブ第一位〟のヒューゴとあって、お堅い新聞や放送局まで大騒ぎになった。空港でのプロポーズ動画で先に話題になっていた日本でも「九千億の男を射止めたのは植物オタク」などと報道され、以前勤めていた園芸店まで取材を受けていた。

新太郎はトンプソン氏にまっとうに弟子入りできるよう、必死に英語を勉強した。日本語の使用を禁止し、専門の家庭教師までつけてもらった。それでもスポンジが水を吸うように英語を吸収し、あっという間に話せるようになったのは理人のほうなのだが――。

ヒューゴが派手にやりたがっていた結婚式は断った。あまり注目を浴びて、理人まで好奇の目に晒《さら》されてはたまらないからだ。

教会で親族だけに見守られ、ヒューゴは白、新太郎は濃紺のタキシードでこぢんまりと結婚式を挙げた――つもりだったが、その慎《つつ》ましやかで幸せそうな二人と理人の写真がネットに流出。好奇な視線は、一気に応援ムードに変わっていったのだった。

『帰りました、ヒューゴさま』

夕暮れの庭でライトアップのチェックをしていたヒューゴが振り返り、唇の前で指を立てる。

『また間違えたな、言い直し』

『た、ただいま、ヒューゴ……』

パートナーになったというのに、いまだ使用人感覚が抜けきれない新太郎は、よくこうやって言い直しをさせられている。

『ライトアップ、別にしなくていいんじゃないかな』

ヒューゴの本邸は日本邸とは比べものにならないほど大きく、庭も野球場以上に広いため専用のガーデナーが十五人ほど雇われている。全員一流で、新太郎の出る幕はない。

ただ、その一角に作ったバラ園だけは新太郎が管理を任された。

そのバラ園を夜間にライトアップしようとヒューゴが画策しているのだ。

『ナイトローズガーデン、いい響きじゃないか？』

庶民の新太郎は「電気代がもったいない」くらいにしか思えない。

夕日が落ちて空が薄紫色になったころ、ヒューゴが点灯を指示する。照らされた色とりどりのバラが浮かび上がり、幻想的な風景を作り上げていた。

『わ……これはまた昼と雰囲気が変わっていいね……』

新太郎は素直に驚嘆する。理人も喜んで跳ねていた。

特に映えたのは、新太郎が好んで植えた、恩師・高木の育種した白バラだった。

「高木さんのバラが、キラキラしてるように見える」

思わず日本語で漏らしてしまった。自分で日本語禁止を課したはずなのに。

ヒューゴに手を引かれて、白バラに近づくと先ほどのきらめきの理由が分かった。水やりの後だったので、花弁や葉に残った水滴が照明を反射していたのだ。

ヒューゴも合わせて日本語で応じてくれた。

「本当にこのバラが好きだね、新太郎の先生が育てたバラだったかな」

「うん、おれの恩人で先生の高木さんが、このイギリスで育種したんだ。当時好きだった女の人をイメージしたんだって」

その女性には家の決めた婚約者がいて、駆け落ちしようとしたが叶わなかった、とも説明した。

「悲恋《ひれん》の花じゃないか」

「花に罪はないよ、むしろおれたちはこの花が引き合わせてくれた気がしてならない」

ヒューゴが面白くなさそうな顔で、バラの品種名を聞いてくる。

「当てようか、『ミス・ホワイト』？」

残念、と新太郎は肩をすくめて見せる。

「〝エマ〟だよ」

新太郎の何気ない回答に、ヒューゴの動きが止まる。

『なんだって？』

英語で聞き返してくるので、新太郎も英語で答えた。

『エマ。好きな人の名前をそのままつけたんだ。病気や寒さに強いところも、芯の強い彼女に似てるんだって高木さんは言ってた』

ざ……と庭に夜風が吹いた。白バラが揺れて一層キラキラと輝く。

『新太郎、私の祖母の名前知ってる？』

『あれ、そういえば〝おばあさま〟としか聞いていない気がするな』

ヒューゴから笑みが消える。そしてゆっくりと口を開いた。

『――エマというんだ』

ヒューゴと同じプラチナブロンドの、ホワイトタイガー獣人だったという。

二人の間で沈黙が流れる。先に声を発したのは新太郎だった。

『……いや、偶然、だよね……』

そう言ってはみるものの、新太郎の思考がパズルを組み上げていく。

白バラを愛し、親日家で、家の取り決めでモナコ公国の血縁者と結婚したホワイトタイガー獣人のエマ。

婚約者のいるエマという女性と駆け落ちを計画するも、叶わなかったイギリスの若き育種家・高木。

その高木がエマを思って育種し、新太郎がヒューゴを連想して庭に植えた白バラ「エマ」。

考えを巡らせる過程で一つのフレーズが浮かび、顔を上げる。

すでにヒューゴが、こちらを見ていた。きっと同じことを考えている。

自分たちが出会った日のキーワードである、あの言葉が英語と日本で重なった。

「庭は持ち主の心」『庭は持ち主の心』

ヒューゴが突然新太郎を抱きしめた。

『真実は今となっては分からないけれど、分からないけれど……！』

彼の抱きしめる力は、驚くほど強かった。

『うん、分からない……』

分からないままでいい。これ以上彼らのバラ園に踏み込んではいけない気がする。

話したって、きっと誰も信じてくれないだろう。

六十数年前に叶わなかった二人の恋が、ヒューゴと新太郎と、そして理人を出会わせてくれたなんて。

『ぼくも、ぼくも』

理人がヒューゴの脚にしがみついて抱っこをせがむ。二人に抱き上げられた理人が、きらめく白いバラを見てこう言った。

『白いバラ、きれいだね。きょうはなんだかバラから嬉しそうな匂いがする』

ヒューゴと新太郎が驚いて理人を見る。

『いいことでもあったのかな』

理人の頭越しにヒューゴと微笑み合った新太郎は、理人のシルバーブロンドをさらりと撫でて、こう答えた。

『いいことがあったのかもね。真実はこの『エマ』だけが知ってるんじゃないかな』

強い風が吹いて白バラ――エマが大きく揺れる。はじかれるように飛んだ水滴が、照明を反射して宝石のようにきらめいた。

おわり

あとがき

こんにちは、または、はじめまして。滝沢晴《たきざわはれ》と申します。

このたびは「白い虎侯爵と子狼の親愛なるガーデナー」をお迎えいただき、誠にありがとうございます。セシル文庫さんでの刊行は「保育士は獅子親子に愛される」に続き二冊目となりました、セシルファンのみなさまと再びお会いできて光栄です。

本作、いかがでしたでしょうか。バラと庭が、種族も国籍も身分も違う三人の絆を結んだ物語でした。

前作の「保育士は……」をお読みいただいた方はお気づきになったかと思いますが、獣人が人間に紛れて生活を営んでいる——という世界観はそのまま引き継ぎました。

ただ、なんと言っても今回は攻めが英国人貴族で白い虎。さらに全裸で登場という、なかなかパンチの強い展開となりました。初出が全裸のくせに、なんだか恰好付けていて、この攻め大丈夫だろうかと書き始めは不安すらありました。

　でも私、ヒューゴみたいな攻め大好きなんです。「私に関心のない人なんているの？　いないよね、だって私だもん」というタイプ。そういう人が自分に興味のない人物と出会ったとき、どんな化学反応を起こしてくれるのかと思うとわくわくします。新太郎《しんたろう》にさほど興味を持ってもらえず、むしろ注目度でオケラに完敗したシーンがお気に入りです。

　ヒューゴもキャラが濃かったのですが、執筆の際は子狼・理人《りひと》の描写が一番難しかったように思います。なんせ喋らないし表情がない。どうやってかわいさを伝えようかと考えあぐねました。

　そうやってウンウン悩んだぶん、表情や声が出た場面なんかは、屋敷の使用人になった気分で「笑ったあ！」と涙ぐみながら書きました。自分で言うのもなんですが、とてもかわいらしく書けたのではないかと思います。

　受けの新太郎も、なかなか面倒くさいキャラでした。こんなのが職場にいたらそりゃうっとうしいわ、なんて思いましたが、物言わぬ植物の観察に慣れていたために、喋らない理人の変化にも気付ける――という設定にうまくはまりました。

彼のモデルは地元の園芸店員さんです。理人お気に入りのハーブ水は、その方に教わりました。植物が好きで好きで、語りだしたら止まらないし、植物のことを人間かのように表現するんですよ。「冬は寒くなるので、この子の体を……」と。いや、この子って植物ですよね、体って茎《くき》のことですよね、ってツッコミ入れるんですけど「そうとも言いますけどね」なんてけろりとしていて。愛が強いと人扱いしちゃうんだなって納得したのでした。

そんな出会いから生まれた新太郎も、いくつかの場面で植物を人間のように扱っています。気づいていただけたら幸いです。

本作ではバラが物語の鍵となりました。執筆にあたり、バラ大図鑑という本を手に入れました。各種、作出した人や国、発表された年、特徴などが書かれていて、読んでいるとあっという間に一日が終わってしまうくらい面白くて、執筆中は開くのを我慢していたほど。中でも印象的だったのが「ピース」という種名の、クリームイエローのバラでした。発表されたのは第二次世界大戦末期の一九四五年。その名に込められた人々の願いが、バラとともに後世まで大切に育てられると思うと、胸が熱くなります。バラの数だけドラマがあるのですね。その感動が、作中に出てくる白バラ「エマ」のヒントとなりました。

獣人で、外国人で、貴族で、希少種で――。設定が盛りだくさんの登場人物を、鈴倉温《すずくらはる》先生が素敵に描いてくださいました。青いお目々の理人の愛らしさといい、新太郎の芯の強さといい、そしてヒューゴのノーブルな美青年っぷりといい、生き生きと描いていただきました。ラフを拝見した際、小説の中から彼らが飛び出てきたようで心躍りました。本当にありがとうございます。

刊行に当たり、担当さまをはじめ出版に関わってくださったみなさまには本当にお世話になりました。本書の流通に携わってくださるみなさま、いつもありがとうございます。また、日ごろから応援してくださるみなさま、創作仲間、先輩作家さま、そして何より、本書をお迎えくださったあなたさまに、心よりお礼申し上げます。

編集部にお手紙やメールでご感想をお寄せいただけますと泣いて喜びます。ＬＩＮＥ公式などでも新作のお知らせなどしておりますので、ご縁をいただけますと幸いです。

作品でまたみなさまにお会いできますように。

滝沢　晴

セシル文庫をお買い上げいただき、ありがとうございます。
この本を読んでのご意見・ご感想・ファンレターをお待ちしております。

☆あて先☆
〒154-0002　東京都世田谷区下馬6-15-4
コスミック出版　セシル編集部
「滝沢 晴先生」「鈴倉 温先生」または「感想」「お問い合わせ」係
→Eメールでも OK！　cecil@cosmicpub.jp

セシル文庫

白《しろ》い虎侯爵《とらこうしやく》と子狼《こおおかみ》の親愛《しんあい》なるガーデナー

2022年4月1日　初版発行

【著 者】　滝沢《たきざわ》 晴《はれ》
【発 行 人】　杉原葉子
【発 行】　株式会社コスミック出版
〒154-0002　東京都世田谷区下馬 6-15-4
【お問い合わせ】 - 営業部 -　TEL 03(5432)7084　FAX 03(5432)7088
- 編集部 -　TEL 03(5432)7086　FAX 03(5432)7090
【ホームページ】　http://www.cosmicpub.com/
【振替口座】　00110-8-611382
【印刷／製本】　中央精版印刷株式会社

乱丁・落丁本は、小社へ直接お送り下さい。郵送料小社負担にてお取り替え致します。
定価はカバーに表示してあります。

ISBN978-4-7747-6368-2 C0193